中国年度优秀诗歌

2019卷

杨志学 唐诗 主编

新华出版社

图书在版编目（CIP）数据

中国年度优秀诗歌. 2019卷 / 杨志学, 唐诗主编.
-- 北京：新华出版社, 2020.2
ISBN 978-7-5166-5073-8

Ⅰ. ①中… Ⅱ. ①杨… ②唐… Ⅲ. ①诗集－中国－当代
Ⅳ. ①I227

中国版本图书馆CIP数据核字(2020)第032292号

中国年度优秀诗歌. 2019卷

主　　编：杨志学　唐　诗

责任编辑：李　成　　**封面设计：**李尘工作室

出版发行：新华出版社
地　　址：北京石景山区京原路8号　**邮　　编：**100040
网　　址：http://www.xinhuapub.com
经　　销：新华书店、新华出版社天猫旗舰店、京东旗舰店及各大网店
购书热线：010－63077122　**中国新闻书店购书热线：**010－63072012

照　　排：臻美书装
印　　刷：北京明恒达印务有限公司
成品尺寸：150mm×230mm　1/16
印　　张：25.25　**字　　数：**315千字
版　　次：2020年3月第一版　**印　　次：**2020年3月第一次印刷
书　　号：ISBN　978-7-5166-5073-8
定　　价：55.00元

目录 | CONTENTS

一辑 名家新作

二辑　实力方阵

三辑　网络诗萃

四辑　诗林撷英

五辑　诗海珠贝

特辑（上）　朗诵中国

特辑（下）　清水诗篇

一辑　名家新作

诗歌或许是最古老的艺术（三首）

吉狄马加

而我们……

诗歌，或许就是最古老的艺术，
伴随人类的时光已经十分久远。
哦，诗人，并不是一个职业，
因为他不能在生命与火焰之间，
依靠出卖语言的珍珠糊口。
在这个智能技术正在开始
并逐渐支配人类生活的时代，
据说机器人的诗歌在不久
将会替代今天所有的诗人。
不，我不这样看！这似乎太武断，
诗人之所以还能存活到现在，
那是因为他的诗来自灵魂，
每一句都是生命呼吸的搏动，
更不是通过程序伪造的情感，
就是诅咒也充满了切肤的疼痛。

然而，诗人，我并不惧怕机器人，
但是我担心，真的有那么一天
当我们面对暴力、邪恶和不公平，
却只能抱以沉默，没有发出声音，
对那些遭遇战争、灾难、不幸的人们，

没有应有的同情并伸出宝贵的援手，
再也不能将正义和爱情的诗句，
从我们灵魂的最深处呼之欲出。

而我们，都成了机器人……

诗歌的秘语

彝人为了洁净自己的房子，
总会把烧红的鹅卵石
放在水里去祛除污秽之物，
那雾状的水气弥漫于空间。
谁能告诉我，是卵石内核的呐喊，
还是火焰自身的力量？或许是
另一种意志在覆盖黑暗的山岩。
我相信神奇的事物，并非是一种迷信，
因为我曾看见过，我们部族的祭司
用牙咬着山羊的脖子甩上了屋顶。

罪行，每天都在发生，遍布
这个世界每一个有人的角落。
那些令人心碎的故事告诉我们，
人类积累的道德和高尚的善行，
并不随婴儿的第一声啼哭到来。
然而，当妈妈开始吟唱摇篮曲，
我们才会恍然觉悟，在朦胧中
最早接受的就是诗歌的秘语。
哦，是的，罪行还会发生，
因为诗人的执着和奉献，
荒诞的生活才有了意义，
而触手可摸的真实，

却让我们通往虚无。

暮年的诗人

请原谅他，就是刻骨铭心，
也不能说出她们全部的名字。
那是山林消失的鸟影，
云雾中再找不到踪迹。
那是时间铸成的大海，
远去的帆影隐约不见。
那是一首首深情的恋歌，
然而今天，只有回忆用独语
去沟通岁月死亡一般的沉默。
当然还有那些闪光的细节，
直到现在也会让他，心跳加速
双眼含满无法抑制的泪水。

粗黑油亮长过臀部的两条辫子。
比蜂蜜更令人醉心销魂的呼吸。
没有一丝杂质灵动如水的眼睛。
被诗歌吮吸过的粉红色的双唇。
哦，这一切，似乎都遗落于深渊，
多少容颜悄悄融化在失眠的风里。

哦，我们的诗人，他为诗奉献了
爱情，而诗却为他奉献了诗。

请原谅他，他把那些往事
都埋在了心底……

（以上三首选自《诗歌月刊》2019年第12期）

机器人（外一首）

李　瑛

可怕的机器人时代
就要到来
可爱的机器人时代
就要到来

世界各大洲的人都在忙
忙着研制没有人的形体
却有各自国籍的机器人
用玻璃、塑料、水和合成金属
有脸有眼睛或没有的机器人
有胳臂有腿或没有的机器人

是男是女并不重要
肌肉透不透明、有没有个性并不重要
重要的是在它们的一呼一吸之间
体温是冰凉的或是温润的
它们有记忆和理想么
它们懂得爱么
它们计较自己的身份
是尊贵的或卑微的么
它们热衷于欺骗、嫉妒和杀人么
重要的是要有一颗强劲跳动的心脏
装着一颗美的灵魂
健康的思想

纯洁的泪和血
那是明天建设新世界的重要元素

朋友，准备好
一个可怕的机器人的时代
正在来临
一个可爱的机器人的时代
正在来临

对要去大理的朋友的谈话

大理
可是最惹人撩起激情的地方
是最富生命活力的地方
是教人最懂美的地方

因为最懂美才是最懂爱情的地方
因为最懂爱情才是最甜蜜的地方
因为最甜蜜便常常是最痛苦的地方

因此，我想告诉你
如果你不会变成一朵花
你不要去
如果你不会变成一只蝴蝶
你不要去

去了，你也骑不惯那里的
没有马镫的云南小马
去了，你买到正宗的中草药和风景
也没处安放

因此我要提醒你
如你一定要去
到那儿后，先要买两个
白族姑娘手绣的大筒帕
左肩一个，装历史故事和现实传奇
右肩一个，装梦想、诗和情歌

（以上二首选自《人民文学》2019年第1期）

日　出（外一首）

傅天琳

一切都是最好的安排
寅时、月亮、露水、敖包、经幡
隐隐的哒哒哒的蹄声
一轮红日
踏着红云扬起红鬃骑着一匹红骏马来了

来了
大草原的日出
上苍之手加持过的日出

现在我想把它看成是一个老人的日出
如果可以
这花这草这亮晶晶的水就是我的
这一座天空也是我的

如果可以
我就看见了血胎中的自己
正发出崭新的婴儿一样的心跳

如果可以
我生命里的能量
就有可能多一些，更多一些
因为加进了奶茶、篝火、青草、星星
爱和太阳

我必须感恩并牢牢记住这个瞬间
余生最年轻的一天
就从科尔沁
从5点15分的日出开始

下一站

下一站
一次次被车轮扬起的尘埃覆盖

背负着烈日和冰雹
我要赶往下一站

那酒旗飘摇，备好茶水的
那窗明几净，一尘不染的
不是我的下一站

那花潮汹涌，滔滔的鸟声迎面扑来
载歌载舞的
不是我的下一站

一路颠簸
与十万里风沙结伴而行
我要赶往我的下一站

我的下一站
在大漠以西，红柳以西
盛开的沙枣花和马蹄以西
一段最好的人生以西

我的下一站选择空白和停止
在地图上找不到它
它在我的心脏以西

（以上二首选自《诗歌月刊》2019年第12期）

觉悟之心（外二首）

叶延滨

我从飞机走下来
下来，下到世界屋脊的拉萨
我走向神圣的布达拉宫
我的心越来越快地跳动
不是紧张
只是因为缺氧
缺氧在大脑里疼痛成觉悟
我知道了
我这一生可以飞得更高
却不能站得更高
一生最高的立足处
是在布达拉宫的佛像脚下……

我从东方朝此走来
走过耶路撒冷这死亡的街巷
走过了耶稣走的那条小路
他背着十字架上了台阶
我的眼睛朝前面看
看不到那个终点
我知道我也会死
像背十字架的耶稣
但这还不是觉悟的终点
终点是耶稣最终复活
复活的耶稣最终离去了

最终留下孤独的我……

（选自《十月》2019 年第 5 期）

幸福之歌

趁无人商店还没有扫荡这条大街
我幸福地向一个个小贩
抛送我真心的问候
恭喜发财，生意兴旺，此刻我发现
这些废话其实很人性很美

趁机器人配餐员还没有辞退厨师
我幸福地向服务员送上微笑
一盘土豆丝，一份东坡肉
为什么我的眼里含着泪水
因为明天我将被机器饲养

趁无人驾驶的车还没占领城市
我幸福地挤上今天的末班车
前胸贴后背，人心挨人心
在机算机和它部下统治世界之前
挤在一起肯定感到幸福

在所有时间被超级机算机变成利润
在所有心房都像计算机精于计算
在所有脸都变得像外星人之前
我幸福地用我的笑脸
迎接每一张迎面而来的脸！

我在晚霞消失之前的这二十分钟
幸福地写下一个幸福的人写的诗……

（选自《诗刊》2019 年 6 月号上半月刊）

锄尖上的疼

因为饥饿，咀嚼粮食和蔬菜还有肉
我是幸福的，饥饿证明了的幸福
我因美食后的幸福而忘记饥饿
忘记仍在饥饿中那些人
我知道，我因为健忘而可耻

因为劳顿，有一张床让我躺下安睡
我是幸福的，劳作证明了的幸福
我因安睡后的幸福而赞美劳累
赞美像牲畜一样的生活
我知道，我睁眼说梦话可耻

因为写作，有一支笔当做锄尖耕耘
我是幸福的，诗歌证明过的幸福
只是我没有告诉你，还有许多
没有写成诗篇的诗歌
天知道，锄尖刨在心上隐隐地疼……

（选自《星星》2019 年 8 月号）

小雨加雪是一种颂歌（外一首）

梁小斌

小雨加雪是一种颂歌
以后写到雪时
必须雨雪交加
我想雪碰到了温暖的雨
雪就会融化
你瞧那一阵细雨扑进我的衣领
轻盈而出
细雨又称为自由膨胀的硕大雪花
我肯定不是由温暖所构成
我伸出手臂挽留雪花
小雨加雪是一首团团旋转的颂歌
旋风迷失了方向
一个在风雪中拎着眼镜走回家的人
隐约看见，在我周围
雪花正纷纷扬扬

在一条伟大河流的漩涡里

我在一条伟大河流的漩涡里喊过
救命
我已不在那声音的下面

开始我的声音只是喁喁私语
和我逐渐下沉的身体纠缠在一起

身体的旁边漂浮着木板
木板上放着默默无闻的面包和盐
一声救命，是我向世界发出的心声
从太阳的舷窗里抖落出一根绳索
迫向声音，迫向这迫于灵魂的语汇
这能够在全世界流行的语言

当救生圈般的云朵向声音的发光之处
围拢过去
我又不在那声音的下面

（以上二首选自《草堂》2019 年第 4 期）

路上的爱虫（外二首）

赵丽宏

两只小小的黑色昆虫
从草丛和灌木中飞出来
邂逅在空旷的水泥路面
收敛了飞翔的翅膀
却跳起爱的舞蹈

这里没有蚂蚁和蚯蚓的烦扰
没有落叶和草茎的羁绊
多么平坦的爱床
在草丛中压抑的激情突然释放
仿佛释放隐藏了一世的欲望

翅膀拍击着翅膀
须眉纠缠着须眉
颤抖着，战栗着，翻滚着
肢体在缠绕中分不清你我
风中似乎飞扬着它们的欢叫
回旋着它们忘情的呻吟

此时，一辆巨大的卡车
从前方轰隆隆驶来
宽厚的轮胎碾着路面
而两只小爱虫
依然沉浸在它们的激情中

浑然不觉这即将来临的灾难

风暴

咫尺之间
似乎触手可及
可我从来没有
拉到过你的手
在心里喊了你多少年
如一丝叹息
大声的叫喊
像岩石崩裂
你是那么近
却又那么远
明明就在眼前
突然就杳无踪迹

从天的另一边
有时会传来你
断断续续的呼吸
还有你的心跳
像雨珠滴在草叶上
鸟在云端飞

那么缥缈地传过来
我却听得清晰

沉静中的微飔
在我一个人的天地中
悄然聚变成风暴

飞

曾经飞过无数次
在不同的时刻
怀着不同的心思
翅膀从心里长出来
几乎随心所欲
时而羽毛丰满
时而轻薄如纸

飞成雄鹰，越过积雪的峻峰
大地是我眼底风景
飞成海鸥，掠过汹涌波涛
潮声撼动我年轻的魂灵
飞成燕子
栖落于炊烟缭绕的屋檐
欣赏人间的嘈杂和温馨
也曾飞成苍蝇
盘旋于腐朽的囚笼
在污浊和膻腥里落魄失魂

长不出翅膀也能飞
飞成云彩
从高天俯瞰地下的蝼蚁
飞成风
去抚摸思念中的一切景物
也会飞成烟
飘然旋舞，无从着落……

（以上三首选自诗集《疼痛·中英文对照手稿本》，百花洲文艺出版社 2019 年 8 月）

策兰在布列塔尼（外一首）

王家新

这里是大海的咽道
但是也有和骑车的小埃里克
比赛的野兔

在布列塔尼，最适合翻译叶赛宁
而不是波德莱尔

巴黎，见鬼去吧

在布列塔尼，埃里克总是听到
山羊咩咩地叫
要从他手里吃东西
但是在塔尼布列
还有一只手（另一只）
怎么也睡不着

矿物学，天文学
埃里克的妈妈在夜里教他认星星
但只有布列塔尼的低洼地
会教他淤泥学

今天就给奈莉去信吧
致以忍冬、石楠和矢车菊的问候

（不是刺人的荆豆）

但是这里的蓝莓
不是故乡的越橘

在布列塔尼，海鸥最让人心烦

而母亲昨夜又来过了
父亲，他从未看清过
其面目的父亲
甚至坐在了他的膝盖上

而那个永恒的无人，一路长跑
也来到布列塔尼
和他，和他的母亲，和那只
比埃里克还要乖的小野兔
一起出现在了
时间的岸边

起风了
有什么正漫过那道长长的防波堤

那正是他诗中的一个延长音

（选自《上海文学》2019 年第 3 期）

简·赫斯菲尔德

简·赫斯菲尔德，

一位美国女诗人，生于纽约，
九岁时她为自己买了一本日本俳句，
也许那就是一个诗人的开始；
后来她移居到旧金山，放下写作，
专习禅宗，
直到有一天，她在北加州的山下
读到“流亡中的杜甫”……

而我译到这里，停了下来，
我走下楼。路边的丁香花已开过了，
但是松针刚刚变得湿润。
我不知道我是否有了一首诗，但我知道了
是一种什么力量需要我承受，
是一种什么力量，使我们从昏睡中
醒来，并充满了感激……
我需要写出它吗，不，我翻译。

简，我的生命同你的一样，
都是一种准备。
即使我们迷茫，疲惫，一天天荒废，
也是一种准备。
即使我放下正在写和翻译的东西而出来
作长长的、流泪的散步，
（遥望着你遥远的北加州）
也是一种准备。

（选自《草堂》2019 年第 9 期）

埃及行星（长诗节选）

欧阳江河

2

巨石是搬不动的，但在它旁边
更大的巨石为冥想所挪移
230 万块天文学的石头
越堆越高地堆积在一起
相互压迫，相互取消，相互呼吸
石头里的人，对周围世界视而不见
不在他所在的位置
也不是他所是的声音
肉身加重了花瓣之轻，观念的成分
混迹而入，且以狮子之身
隐伏于人类的暗脸深处
人，索取开花的片刻迷醉
以此领略生之茫然
深埋的时间无始无终
然而，幽灵的形象出现了

8

以未来考古的眼光看去，宠贝塔
耸立于时间之外，人神相遇之外
如果昨日之日高不可问
活着，岂非死不掉的必死

继续活着的，可问但不可深问
雄辩滔滔的亚历山大图书馆
至今燃烧着一场虚妄的大火
凯撒大帝究竟害怕什么呢？
谁统治这座城市，都是同一片废墟
庞贝塔顶，那道身首异处的目光
绝非后世游人所能捕捉
也非惊魂一瞥所能收回

16

一丝快哉风，吹去香料的鼻子
侍者以装饰性语气对白种男人说
善用薄荷，会使洋葱味和动物异味
在女士面前消失得更快、更文雅一些
空，无所不在，且以母语和本地语
反复提示：此人，不在服务区
狮身人面之谜，转而朝向别的星球
你以为空客 380 能飞出天外吗？
天上的椅子，落地时空出一个虚位
此我与非我之间，隔着神的缄默
云的衣裳里穿着另一个人
头颅，将整个沉浸到冒泡的柠檬水之下
留白，更稀薄了，更迫切了
请对眼前人，投以温存一瞥

17

人，退得足够远，才能依稀看见
金字塔一直在近处。21 世纪的心灵
该如何回答这大梦沉沉的深问？
古人眼里，如雪花般飘着，飘着

然后落地，落脚，落在灰尘上
这种轻柔性质，在今人眼里，没了
这无所托付的空茫茫一片大地
这天人对看，这一寸灰的远见
也没了。金字塔，多少有些落寞
游客们望上一眼也就走了，目光回落到
散落在世界各地的拖鞋之上
在苍蝇落脚处挪移，变脏，变甜
变得油腻和喜感，且浑然不觉
不配数学的简洁之美，不配鹰的睥睨

19

我承认，我被眼前这堆认死理的石头
镇住了，这么一尊庞然大物
何以讲理，何以问道，何以悬空？
诗，也认死理，但何以众石压顶
人的一生中涌现了多少哀愁呵
蝴蝶一飞，又涌起多少粉碎与轻生
这么一个死理，重重压在干花瓣上
还一直在开，还留有呼吸的缝隙
还能以灭霸之力，取得一付活灵魂
死的活法，死的方向，空气去追水
这么一堆巨石，这么一堆泡沫
其吨位和愚蠢是如此神圣
轻看了早先世界，又全然漠视现代人生
问之望之，迹象全无，一派弥合

（选自《钟山》2019 年第 3 期）

阅 兵（外一首）

黄亚洲

说此刻辛弃疾与岳飞在隆隆前进是可以想象的
他们的肌肉与关节，现在
由发动机与履带构成
我看见他们肩背的强弩上，写有 DF—41 字样

他们的坐骑，甚至
可以在空中呼啸
一朵朵白云，皆是战马打出的响鼻

说此刻和平在隆隆前进应该是顺理成章的
和平甚至有豪猪与刺猬的外表
我越来越觉得，锐利就是和平本来的模样
也就是说，这个国家的和平
已经强大到
足以让世界和平

观礼的人群中，我听见一个女孩在说
妈妈，他们走得好整齐啊
显然，这应该理解为
民族的未来在对民族的当下作出赞许，理解为
一只衔着麦穗的和平鸽，在胜利引领
千军万马

（选自《解放军报》2019 年 10 月 3 日）

沂蒙红嫂

思绪里的那只饱满的乳房，那只奶头，不容易回忆
人们说肯定有这一幕
但是确实，我记不清楚了
我当年的记忆都是锐角、尖利、破碎、燃烧

鬼子的一粒很小的子弹，几乎掏空了
我全部的胃、肝和肠子
死神伸过他的左手，拉住了我
这是我能感受到的，我也准备动身了，可是
那一刻，谁解开衣扣，用一个民族的压力
将乳汁，压入一个失血的生命？

记不得了，当时
我的豁裂的嘴唇，与国家焦黑的土地
是不是一个概念
仿佛，我只是从一个很高的地方坠落
恍惚，只记得，一柱瀑布一直跟随着我，并且
还负责提供一个软和的平台

今天我是带着所有的儿孙来纪念馆的，但是
这里有那么多的照片，说的都是红嫂
都曾在那个燃烧与焦黑的年代，喂养过革命

我如同看母亲一样看着这群皱纹满脸的照片
我的眼泪一直在流，像一柱瀑布
而我的心，依然
在从高空坠落

我无法在沂蒙找到那位属于我的红嫂
我对我的儿辈与孙辈说，若是没有沂蒙，也就
没有你们了
你们要在中国地图上常常找找沂蒙
沂蒙山很饱满
对于中华人民共和国来说，她就是
一个乳房般的存在

（选自《解放军报》2019 年 5 月 17 日）

音　乐（二首）

谢克强

听音乐会

此刻　大厅里一片静寂
只有乐音拍打翅膀飞了过来
寻找我们的耳朵

那远来的乐音
是从思想的青铜器上
还是从一首诗的低音部
飞出来的呢

仿佛应合我的心律
乐音调和着灯火　明丽而缓慢
骤以符点与切分节奏
鼓动力的翅膀

我确信　有种别样的声音
在生命深处呼唤我
不然我的忧伤与欢乐　何以
凝在飞翔的乐音里

真巧　在这个干燥的夏夜
有意无意　我来听一场音乐会

这一刻　与其说我在谛听
不如说在轻轻诉说

不久　那乐音在我的心头
漾起一层一层涟漪
拍击我的心岸

女钢琴家

一架黑色的钢琴　胸腔里
蓄满了自由的音符
期待释放

而一群洁白的鸽群
却栖息你心的五线谱上
为捕捉五线谱上的鸟声
你将感觉唤醒的手指
在黑白相间的琴键上
欢快地跳跃

骤然　琴声悠悠响起
所有的记忆　感受　想象
顺着你弹跳的手指奔泻
你手指抒情的姿势
在空茫茫的夜里
成一种风景

悠远的记忆临近了
许多许多往事在琴键上闪烁
那应合耳鼓的天籁之音

是你手指灵动的快感吗
而你　醉在一种迷离里
晃若梦中

这时　刚好乐音抚过我的心口
恰似你一双温柔的手
抚在我的心上

（以上二首选自《扬子江》诗刊 2019 年第 5 期）

自醒录（外一首）

郁　葱

有人问我在说些什么，
我说不知道，
我就是想发声，单纯的发声，
像鸟那样发声。

看到一些鸟们，就心生羡慕。
那鸟儿或成群，或单只，
由着性子飞翔，逆着青风鸣叫。
喧闹的时候，不觉得纷杂，
安静的时候，不觉得清寂，
长天不觉得高，
浅草不觉得矮，
飞翔不是为了争高夺远，
而是为了生存。
想着那些鸟们，就觉得自己浅薄。

至于那些声音有什么意义，
我为什么要让别人知道，
甚至，我为什么要让自己知道？
草一夜之间从容地长高了，
似乎好的风情催生所有好的东西，
包括人的品质和性情。
这些年心里结了硬茧子，
看着这个世界，被人们折磨得死去活来。

尘世里，有人鬼之别，
亦有神鬼之别，
我这把灯就是熬干，
暗夜里依旧鬼火丛生。
我知道自己声音微弱，
如同风拂乱草，
但我越是沉默，这天地间，
就好像越有了更多的人声与风声。

微不足道有什么不好？
默不作声有什么不好？
那时，我看着自己斜阳下无言的影子，
溢满风尘！

今岁之末

今天有多日不见的暖阳，
它让这个世界多了一些清晰，
那么多的嫩叶和枯叶，
那么多的荒诞和荒唐！
太阳不是新的，
它是循环，只有人的沧桑和枯竭，
才是真的。

我对孩子说，
如果一条路走不通，
几十年后，依然还是这样。
风把天吹成了蓝色，
那是它的本色，

如今，能看到本色，
竟然成了让人庆幸的事情。

盼着吧，明年，
还会有新树长出来，
也许它们一开始很稀疏，
但迟早，它们就能挡住风了。
告诉孩子，过去，也有夜，
我们看不到自己的影子，
我们曾经同样靠蜡烛取光，
告诉他们，此时的荒漠，
过去是河流。

别人把我的话当成诗句，
我却早已经把它们忘记了。
所以，不要记那些无谓的东西，
别相信谁能视滴水为江河，
指微光为星辰，
大自然再博大，也不给人智慧，
再宏阔的世界，仅仅只是灰尘。
如果这世界，晚上它是完整的，
天亮时，它必然破碎。

2018 年的岁末，
风扫残叶，
一树绿无痕。

（以上二首选自《诗刊》2019 年第 6 月号上半月刊）

病　妻（长诗节选）

陆　健

她说，她的影子离开了她
她说也许，她压根没有影子
我认识她，需要转到她身后重新开始

两颊写满病历，用柔弱的方式
击打我的本不坚强
我隐约知道是谁，以谁的名义
向她发动攻袭，喷血如雾状

她倒下。直接胆红素；她无辜
胆汁酸；谷丙转氨酶
她无辜，有罪的只能是我
从她伤口泻出救护车撞人后腰的声响

她说，我看见医生揣着手术刀
在迎面人群中定定指着我
心跳，心肌，心律，心悸的呼吸机
突然双目稍张开——她说
我梦见我被塞进一根软软的管子里

乳房里的硬块像银行兑换不了的
金币。血小板总数；血小板平均体积
——这位曾把病情像初恋
一样藏起来的我太太

荧光法抗酸染色；血小板体积
分布宽度；正常与非正常值
崩坝般，疽痈的愤怒破壁而出

想把世界搞明白，要注射安定
抢救室，重症区，复发情况
明细单制作精良像梯子。病历，口罩
导尿管。流水线运营又叫一条龙服务
病危通知上亲属的签名瑟瑟发抖
我胆子越来越小，像落单的年轻土匪
我是滚落到墙角的一粒六味地黄丸

还有，前所未有的宁详。在睡眠里
你退出了我。她脸红一下
其实是我退出了肉体和灵性。她说
我再最后交代一遍后事吧
她说，我真想把儿子再生一回

手术后的她像一幢
被里外过渡装修的老式建筑
各项指标，升降号。吸收，排异
那曾经相互顾盼的骄傲乳房
仅剩其一，失去了温存的对话邻居
患者的“患”，“心”上的“串”
“正中那一笔，扎得我肝痛”

我的表情就是她病情的镜子
于是匆匆抹两把脸上的裂纹
她望着我，像躺着看病的人
羡慕坐着看病的人。这种羡慕

比地球上的异质文明还要生疏

这辈子对所有女性的欠账
笃定要打包还在这女人身上
免疫球蛋白G；免疫球蛋白A
免疫球蛋白M；前白蛋白PA
这么多排比句很累人的
诊断书英文字母排列很威武

我倒想回放一个扎小辫的女孩
红头绳，口诵民谣儿歌
牵着那些遗忘踢毽子

醒来，两眼空洞如学问，她
“又是一天。活着真不幸啊
还不如——就别醒了”
一句话吓掉我仅存的半条小命

她说，来北京20年我不后悔
她说，嫁给你这个男人我没退路
以前笑话别人隆胸、整容
素面朝天是王道。“万一真的
我活回来——北京还是蛮首都的”

她不说了。她无语。昏睡
昏睡把我们隔开，遥不可及
许久，又许久，之后
她膀子动一下，像要
摸摸自己还在不在人世
在等——等我的手覆上她的手

（选自《十月》2019年第6期）

通灵的特使（外二首）

李少君

这只猫，深养于书香之家
狂躁的脾气早已修炼得温柔恬静
沉香之韵味，诗画之优劣
它一闻便知，但不动声色

它对俗人也一闻便知，会躲得远远
若遇心仪之士光临，它会主动迎上去
乖巧地伏在桌椅边，半闭着双眼
聆听主客对话，仿佛深谙人世与宇宙的奥秘

雪的怀念

雪，已成为都市人群的乡愁
雪，俨然已被这个时代放逐
人们已习惯堵车和流行病
雪隐匿不见，污染恶化加剧

雪，曾是纯洁空气的象征
雪，是四季正常轮回的前提
超市里商品琳琳满目，应有尽有
但人们制造不出雪，也买不到雪

雪国，对于我来说就是故国
灯笼、炉火和鞭炮构成的故乡

我竖起衣领，踩着吱咯作响的雪泥
一直走到冰凌闪烁的你家的窗下

小提琴响起，天空飘来一点碎雪
再接着，溅起一大堆雪
再接着，是一场鹅毛大雪
最后，漫天飞雪，以及我浑身颤栗的激动！

应该对春天有所表示

倾听过春雷运动的人，都会记忆顽固
深信春天已经自天外抵达

我暗下决心，不再沉迷于暖气催眠的昏睡里
应该勒马悬崖，对春天有所表示了

即使一切都还在争夺之中，冬寒仍不甘退却
即使还需要一轮皓月，才能拨开沉沉夜雾

应该向大地发射一只只燕子的令箭
应该向天空吹奏起高亢嘹亮的笛音

这样，才会突破封锁，浮现明媚的春光
让一缕一缕的云彩，铺展到整个世界

（以上三首选自《人民文学》2019 年第 1 期）

香水的味道（外一首）

李　琦

母亲年迈
已不再忌讳谈论死亡
她越来越糊涂
却常有奇异之想
比如，她知道
她如果去世，我会在清明节
去墓地看她
哎呀，那一天人会很多
她开始焦虑：我眼神不好
会不会认不出你呢

我逗她，你鼻子好使啊
你可以记住我香水的味道
她恍然大悟，一下子有了把握
而后，她会经常
拿起我的衣服或者围巾
用力地，闻上一阵

2019 年清明

（选自《草堂诗刊》2019 年第 8 期）

疗养院的房间

这房间很小，布置潦草
有一种特别的轻
像没有重量，随时准备
从这凡尘飘走，随他而去
那个扬名后世，拥有
话题、名声、巨大荣誉的人
他活着的时候，住在这么小
这么简单，直说吧，这么寒酸的地方

他却习以为常。他不知道
他已在巅峰之上。作为居住者
他自身辽阔，辽阔到世俗无法辨认
他借用一副平凡人的肉身
将自己连接到无限
精神腾空，踏着云朵行走
这张小床，这间小小的房子
安放一个疲倦的、被世人看轻的身躯
确实，已经足够了

这里的一切见过他，身体、面容
他在此失眠、焦虑、兴奋、疼痛
就在那桌上，他写信给亲爱的提奥
就是那扇小窗，他用少年的眼神
痴迷地，张望阿尔勒的星空

那是一张躺过天才的小床
不动声色，它做到了

一个孤独而传奇的人
他曾经在这世上活过
作为画家，才华居然可以那么绚烂
这可怜的人，他受伤了
耳朵在流血，轻轻地躺下
却把整个人类的水平
抬高了许多

（选自《人民文学》）2019 年第 3 期）

岷　山（外一首）

大　解

再高的山，树也能上去。
树也上不去的地方，青草能够上去。
青草也上不去的地方，雪会从天而降，
覆盖住山顶。

我曾经想过，天空那么辽阔，
走几步也许踩不坏。我想上去，
走一走。

从鹅嫚沟的南坡往上，
虽然陡峭，但可以试试。
那里的天空很低，手臂长的人，
甚至可以摸到。

我曾经指望灵魂登上山巅，
但这个不争气的老东西让我越来越失望。

现在，岷山就横在我的面前，
是上，还是不上？不能依靠灵魂，
但也不能不考虑肉体的沉重。

第二次见到金沙江

第二次见到金沙江，
好像胖了许多，
流水上面，多了一些皱纹。
不至于吧？一年之隔，竟如此沧桑？
这一年，我去过梦境，
也曾多次去天上，寻找失踪的人。
回来后一切如故。
唯独金沙江老了，
这让我怀疑，
人的一生，短于一尺。
第二次见到金沙江，
我拍了拍它的水面，
说：兄弟，别急，慢慢流。
我对时间也说过同样的话。
但是，
时间是假的，它瞧不起我，
也不可能有回应。

（以上二首选自《长江文艺》2019 年第 11 期）

深情可以续命（外一首）

潘洗尘

爱你所爱的事物
爱你所爱的人
深情　炙热
能毫无保留最好

这世间只有对爱
是公平的
你爱什么
这世界就给你什么
你爱多少
这世界就给你多少
甚至更多

比如我
此刻还能活在
这纷乱的人世
你可以说
这只是一次
非典型的大难不死
只有我知道
正是我此前给出的
每一滴水
如今都汇成了
江江江江

河河河河
湖湖湖湖
海海海海

深情可以续命
至少
是深情续了
我的命

多么彻底的冬天

即便是炉火正旺
这世界的温暖也是有限的
尤其是当我弯腰添柴时
随时揣在兜里的药盒
还不时地发出
哗啦哗啦的声响

多么彻底的冬天
一想到最寒冷的日子
远比书桌上的台历
厚得多也扯不尽
而深患抑郁和绝症的人们
究竟要怀着一颗
怎样燃烧的心
要有多么大的勇气
才能从如此彻骨的寒冷中
找出一丝一毫的
温暖和诗意

（以上二首选自《深情可以续命》，中国青年出版社 2019 年 7 月）

寒冷是温暖的一部分（外一首）

潇　潇

我把今生的一部分
一笔一笔藏进了这幅画里

我与谁捉迷藏
来世高高悬挂在轮回的颜色之上

梦朝着时间的反方向漫延
白天成了夜晚的缝隙
疼痛在缝隙中成为爱的一部

正如情爱习惯于在细节中丢失
在客厅中退场

如果寒冷是温暖的一部分
活着也是死亡的一部分

一瞬间，灵魂在色彩中醒来
一个影子还原成红、黄、蓝

我又把生调和成各种绿
把死抽象成漆黑

先把死亡喝醉

告诉所有飞翔的植物
敲开，粒粒羞涩的青稞
花朵与我有了酩酊的冲动
酒杯摔倒
一阵疾风，大醉不归

青稞酒飞起来
寒冷开始后退
心像炒热的怀柔板栗
剥离嘴巴，吞吐真金白银

我已认不清这个表面光鲜
打过蜡，添加苏丹红的泛毒时代
只醉给高原的天空
醉给一片远离枝头的云朵
邀请无穷星子落座

从灵魂的缺口一路小跑
哼唱镀满月光的花儿，先把死亡喝醉
坐在词语的台阶上
我要册封：青稞为王蝴蝶为后

（以上二首选自《金银滩文学》2019 年第 3 期）

我在什么地方靠近月光和音乐（三章）

华万里

之一

今晚，我在什么地方靠近月光和音乐
我在什么地方
谛听辽阔？

河的对岸，马在旋律的草间行走

我的爱情亮着，我的传说亮着，我的泪亮着
而最亮的
还是河边的马
还是马身上的音乐

还是月光，还是月光中马像低着头的雪山
马像徜徉在银河的水边
马像一个白金
做成的梦

之二

多么的轻快，多么的沉重

还是旋律的草，还是音乐竖起闪烁的毛鬃

还是水，还是花朵
盛开在马的呼吸之中，还是
我收回的双手
怕触动了马蹄边梦的蝶群

马在侧耳倾听

还是往事在马的眼里流淌，还是我在马的眼里流淌
谁能嚼破
苦涩的音符

之三

我将头垂进马的青草，我将头垂进马的河内
音乐的水，一股透明的力量
使舌根清爽
使喉头安宁，使春暖花开

月光像一件衣裳披在回忆的身上

马的唇畔，有一匹草叶说出了我谛听的辽阔
我的唇畔，有一种响动
像哒哒的闪电
来回照耀

（选自《诗赏读》2019 年 10 月号）

江山（外一首）

梁　平

能够看见的江和山，
都不是江山。见过金沙江、嘉陵江、长江，
见过峨眉山、青城山、黄山、泰山，
我眼里江就是江，山就是山。
江山是胸怀里的社稷，浩浩荡荡，
没有海拔和深浅的刻度。
就像一个人坐守的棋盘，不问黑白，
指头翻飞满世界的风雨，
彩虹升起、在乎布局。

欲望

我的欲望一天天减少，
就像电影某个生猛镜头的淡出，
舒缓，渐渐远去。

曾经有过的委屈、伤痛和忌恨，
一点一点从身体剥离，不再惦记，
醒悟之后，可以身轻如燕。

我是在熬过许多暗夜之后，
读懂了时间。星星、睡莲、夜来香，
它们还在幻觉里争风吃醋。

天亮得比以前早了，窗外的鸟，
它们的歌唱总是那么干净，
我和它们一样有了银铃般的笑声。

我的七情六欲已经清空为零，
但不是行尸走肉，过眼的云烟，
一一辨认，点到为止。

（以上二首选自《长江文艺》2019 年第 10 期）

群树婆娑（外一首）

陈先发

最美的旋律是雨点击打
正在枯萎的事物
一切浓淡恰到好处
时间流速得以观测

秋天风大
幻听让我筋疲力尽

而树影，仍在湖面涂抹
胜过所有丹青妙手
还有暮云低垂
令淤泥和寺顶融为一体

万事万物体内戒律如此沁凉
不容我们滚烫的泪水涌出

世间伟大的艺术早已完成
写作的耻辱为何仍循环不息……

泡沫简史

炽烈人世炙我如炭
也赠我小片阴翳清凉如斯
我未曾像薇依和僧璨那样以

苦行来医治人生的断裂
我没有蒸沙作饭的胃口
也尚未产生割肉饲虎的胆气
我生于万木清新的河岸
是一排排泡沫
来敲我的门
我知道前仆后继的死
必须让位于这争分夺秒的破裂
暮晚的河面，流漩相接
我看着无边的泡沫破裂
在它们破裂并恢复为流水之前
有一种神秘力量尚未命名
仿佛思想的怪物正
无依无靠隐身其中
我知道把一个个语言与意志的
破裂连接起来舞动
乃是我终生的工作
必须惜己如蝼蚁
我的大厦正建筑在空空如也的泡沫上

（以上二首选自《大家》杂志 2019 年第 5 期）

身临其境（外一首）

侯　马

我理解
一个真正的伐木人
当他拎着斧子站定
究竟伐倒哪颗树
他是与林子商量的

烟

她点燃一支烟
轻吸一口
然后递给我
有时我会停下车子
吸几口后
还给她
她吸烟深
大理石塑像般沉美
但是她听我的话
基本上戒了
在她彗星般逝去以后
回忆起来
这样宁静的场景
才不会让我心口钝痛

（以上二首选自《诗刊》2019年10月号上半月刊）

悲怆的铁（外一首）

曲　近

不知时间为何与铁结怨
铁，一出生
就惨遭追杀
隐形的时间无处不在
它咬牙切齿
对铁，穷追猛打
十年、二十年
铁，碎成一堆锈迹
一堆被时间嚼过的废渣
吐出来，血红血红，触目惊心
而时间毫发无损
转过身，继续磨牙
寻找下一块刚出生的铁

独立

泪珠或露珠，各自独立
来自于水，又区别于水
保持通体透明圆润的状态
呈现事物本质
以此形象独立于世，独立于群体之外
拒绝接吻，拒绝拥抱
让眼睛和心灵感知两种截然不同的液体

一滴泪或一个露珠落入水中
就落入了俗套，落入了死穴
一切变得毫无意义
真相丢失，个性丢失
所以，它们咬牙坚持
终生远离波浪，远离涟漪
张扬个体主义旗帜
鲜明于脸颊、绿叶和草尖

（以上二首选自《中国作家》2019 年第 6 期）

去春天的路上（外一首）

曹宇翔

我们走在去春天的路上
一大早就上路了，脚步轻盈
心儿欢畅。东边地平线上那是什么
在一点点地红，一点点地动，大地
长出叶瓣，一轮初升太阳

走过记忆的残冰，两脚泥泞
孩子啊你在前面跑呀跳呀等一等
欢笑按响春天门铃，天地亮了
大城远了，那边传来，又像从我们
心里传出，春天的开门声

我们看一看春天，原野上
花儿都开了，镶满路边、田埂
不怕人的蝴蝶落在肩上，翅膀呼扇
呼扇，杨树枝喜鹊尾巴一翘一翘
一个劲儿，把我们欢迎

春天这样辽阔，像人的生命
渠水哗哗，一望无际的绿涌进心里
太阳照耀，我们感到了一种成长
假若春天轻轻喊一声“孩子”
让我们欢呼，一起答应

（选自《安徽文学》2019 年第 7 期）

灵水村鸟巢

在太行山，与北京城之间
一只黝黑的鸟巢，悬在半空
暮春的灵水村，此刻恰是
正午时分，拾级而上的古旧院落
山墙，溢出桃花和寂静

仰望啊，一棵巨柏盘旋欲飞
辽远汹涌的湛蓝淹没苍穹
一定有什么事物去了天上，或从
天上来到尘世，在大地和天空
之间，留下一个幽深黑洞

你体内一个孩子爬上了大树
空中宅第回响乡村乳名，喜鹊窝
还是斑鸠窝，鸟儿衔枝编织空中之筐
递给大自然之神的篮子，必定
装过雪花，星辰和春风

东去天安门三十公里，距你童年
大约二十米，被万物和往事团团围住
鸟巢，像一枚图钉摁向蓝天
悬浮的沧海永不脱落，云帆水声
天际远影，内心的波涛平静

复活了你人生的全部记忆
生活热情，对大地的爱

（选自《上海文学》2019 年第 1 期）

雪人简史（外一首）

臧　棣

因为雪，世界突然充满了
大大小小的舞台。模糊在背景深处，
原先不起眼的东西纷纷换上
新的行头，跳到了前台。
因为自然的安静如此吻合
人生的冷静，每个角落
都埋伏着一个拧紧了发条的
白色寓言，试图将生命的灵感
和生活的矛盾含混地网罗在
时光的沉寂中。过去的情景很容易

就浮现在眼前；而眼前的情景，
即使你青筋暴起，也很难扔进倒流的未来中。
就好像从未有过第二套方案，
乌鸦必须出现在雪地里——
这似乎是早就和雪人商量好的
一个永恒的主题。即使有人呲牙，
也丝毫不能触动其中的惯性。
而假如我有不可告人的秘密，
那也是因为飞雪和精神的关系
纯粹得超出了柏拉图的想象——

下了大半天的鹅毛雪怎么可能
没有乌鸦降落在松柏之间呢？

说到戏剧性，凭直觉就能捉住
一个线索：缺少了乌鸦，
雪天就缺少了乌亮的眼睛。
更隐秘的，假如你真想知道
雪是如何打断现实的，我只需盯紧乌鸦，
看清一团黑如何生动地嵌入
雪的肌理之中而没带出一丝表演的痕迹，
世界的真相仿佛也可以提前结束。

（选自《长江文艺》2019年第8期）

黄菖蒲简史

让夏天挺起腰杆的方法中
它的用力始终曼妙于
比花姿更艳黄；眼看就要
把蝴蝶的美丽比下去时，
它的绿叶会在柳荫下随风颤动，
形似出鞘的利剑。因为它，
更多的插曲，散落在岁月的秘密中。
甚至一个静谧，也因它而茂密；
甚至错过它，都已不太可能。
甚至一个主观，凭借它
也找到了新的口径：重要的，
不是可爱的花瓣如何逼真于
人生如梦，而是由于它太生动，
一个绽放就能指定一个角色：
即便进入是缓慢的，有点像
它的芳香曾令历史为难；

而一旦你被它拉向倒影的世界，
你的宿根性也将你暴露在
原来深渊也有好多假象呢。

（选自《天涯》2019 年第 4 期）

海与岛（外一首）

蓝　蓝

我离开你已经三天。我知道你依然
在海边眺望着大海。我错了：
大海就在你身边。你的松树照常被海风吹拂
你的岩石一动不动——三天前来看你的人们
已各自回到千里之外的家中

这是多么令人震惊的事实：你还在那里
谁也无法移动你的任何一块石头、一片叶子

但谁又能否认，一群诗人
曾用身体亲近过你，用他们的眼睛
扑向你的灌木丛，嫉妒你和大海永恒的亲密
谁又能否认，你让他们踏进你的领地
让他们占有你的美，在一个初冬的上午

我确知我抱过你的一棵树，我采到
一把被叫做“小孩拳头”的果子
我确知得到了你的馈赠，我被允许
用双唇认识你，并咽下这大地的甜蜜

我还将继续得到你礼物：从童年开始
在我耳朵里生长的大海，日落复日升
我用它理解生活在这里的亲人，当我离开你
我明白我拥有的，就是我所属于的——

海岛，村庄，记忆。我是一艘沉船
紧紧锚住大海。我是你驯养的一只海鸟
从这里起飞，也在这里着陆

河海谣

里夹河和外夹河
拥抱着大沙埠奔涌；

穿过葡萄园和苹果林，给苦涩的海
带去甘甜的雨水和雪水。

屋顶上的瓦松，
姥姥头顶的白云——

一条河在哀哭，另一条在欢笑
载着资阳山的眺望
一直流到芝罘海岬。

窗纸上的小洞啊
姥姥大襟下的一窝星星——

我在沙滩上奔跑，蓝色的血
从脚底流进我的身体。

海风摇晃着柳树
小舅舅骑在树上玩他的弹弓——

松木船桨记得他的名字
大沙埠，当你漂向大海时
他是你带走的那个孩子。

妈妈呀，听我为你唱这支河海谣
你的呻吟日夜烧灼；
你的两条河，在我身上燃着了大火——

（以上二首选自《诗歌月刊》2019 年第 2 期）

翼羽十四行

王久辛

之一

翼羽千支，并列如铜翅铁膀
沿埋入黑夜的地平线轻启微升
东方亮了，仿佛舜帝抚琴于历山之巅
声若万鸟齐翔，千溪并潺

一裂大谷荡气回肠，我痴了
我迷了，我仿佛看见少女们舞动的轻纱
在我的眼前旋舞，洁白如玉的曼妙间
有一双双明眸皓齿在唇间的红鲜里闪耀

哦哦，我想象虞舜钟情于其中的一双眼睛
尤其那红鲜的芳唇令他激动万分，我说
没有任何艺术不源于爱情的灵感
即使是虞舜之帝亦不能幸免

他在今天被人称为舜王坪的山顶上
首先获得了爱情，之后才有了更美的渴望

之二

后来他驾着一匹大象耕耘像驾着祥云翱翔
他把皇袍和身上所有衣裳剥下，赤身裸体
扶着高大的铧犁，把太阳赶下西山
却仍然力大如牛——那是爱情唤出的力量么

农人们围坐在他的身旁，还有舞蹈的少女
虞舜与他们平等相待和善可亲，包括爱情
他也不敢霸占，像所有的乞爱者一样
采撷地头最美的花朵，还生怕不够香

他要放在鼻子上反复用心来闻，他要选出
最美最香的，然后像凡夫俗子一样
敬献给他心上的姑娘，传说他的双眼放光
尤其看到动人的少女——那是他的天性啊

他天生热爱美好的世界，尤其美好的人
为此，他可以在所不惜为一切的美拼命

之三

这是他的使命吗？站在历山上仰望星空
从早到晚，他坚守着对爱与美的忠诚
所谓的仁就是爱，而所有的勇
都是为爱而拼搏——此乃大德之天职

望着天上的月亮，他念想着生身的母亲
一如他早上看见太阳，便会效仿着父亲
浑身上下就充满了力耕的蛮横——爱人如己

如日月更替——给了他无穷的智慧和力量

这是守正之心的天然成长
也是旺盛的生命——响遏行云的形象
我猜虞舜之不朽乃天性之不朽
一如你我要获得不朽必与其爱仁之爱

而爱人爱世界——这是沧桑之道
虞舜已阔步走过从前，你我才刚刚启程

（选自《诗刊》2019 年第 3 期）

在玉苍山（外一首）

娜　夜

在玉苍山
我有过一声惊呼：我的影子

大雾弥漫的重庆
我已经很久没见过自己的影子了
而在我生长的西北高原
这是多么平常的事

万物有其影
我有失而复得的喜悦

我是一个有影子的人
——在碗窑古村落的戏台上
我走着碎步
甩起撩袖
用戏剧的唱腔继续念白：
在西隐禅寺它又回到了我的身体里

（选自《诗刊》2019年第2期）

没有比书房更好的去处

没有比书房更好的去处

猫咪享受着午睡
我享受着阅读带来的停顿

和书房里渐渐老去的人生

有时候　我也会读一本自己的书
都留在了纸上……

像一些光留在了它的阴影里
另一些在它照亮的事物里

纸和笔
陡峭的内心与黎明前的霜……回答的
勇气
——只有这些时刻才是有价值的！

我最好的诗篇都来自冬天的北方
最爱的人来自想象

（选自《重庆文学》2019 年第 3 期）

描 红（外一首）

——写在西沙石岛“祖国万岁”石刻前

刘笑伟

礁盘上的礁石
是风，一阵阵雕刻出来的
是浪，一次次冲刷出来的
是盐，一点点侵蚀出来的
石头表面，布满时光的弹孔
凸凹不平——也就是说
在上面刻字
仅有钻头、锤子和刻刀是不行的
必须有舍生忘死的爱
必须有彻入骨髓的孤独

那个日子，也许是2000年的一天
其实，是哪一年并不重要
甚至这一年使他的爱
迎来了新的世纪，也不重要
重要的是，他是如何在十几米高的礁石上
刻下这四个大字的
重要的是，他是用什么颜料
让这四个大字如此鲜红的

刻字的那一刻
一定是个黎明
随着朝阳喷薄而出的

还有一个士兵的激情
他让战友用粗绳系住腰部
悬空在岩壁间
一笔一画地凿刻着
那时候，清澈而多彩的海水
一定掀起了百米高的巨浪
这块叫做老龙头的巨石
一定回想起自己五千年的沧桑
并在中国的南海边抬了抬头
擎起万丈霞光
大洋上，液体的山脉
一座座耸起，此起彼伏
浪花染白山顶，宛若雪山
再让阳光镀满黄金
使整个南海充满神圣的质感

这是一个中国士兵
用钻头、锤子和刻刀
在我身体里凿出的颜色
他把这片红，深深描入礁石和我的血液
让我每天的心跳
和南海的波涛一起
汹涌澎湃，响彻我和我的祖国

（选自《诗刊》2019年5月下半月刊）

对　峙

抬起头来，我看到了一匹蒙古马

穿过黎明扬起的马鞭
在草原上敲击疾风，四蹄踩着闪电
成为呼风唤雨的可汗

它凝视着我。眼睛里的蒙古草原
唤醒了一大片飞驰的武士
骏马奔腾，让诗中的动词
在马背上跳跃，剑光席卷历史

对峙，心也有眼睛。我看见
自己背上长起驼峰，储存了
一个小小湖泊的水
隐藏着徒步穿越沙漠的梦想

抬起头来，与蒙古马对峙
渐渐看到了自己，奔波，隐忍
无惧死生，通体刺出光芒的利剑
成为时光草尖上的神

（选自《解放军文艺》2019 年第 8 期）

苏堤春晓（外一首）

彭惊宇

停留杭州。我漫步于早春的苏堤
正值春暖花开，柳绿桃红时节

柳，是依依垂柳；桃，是灼灼碧桃
一步一处胜景。爽朗清心，微微晨风

似有牧童短笛悠扬，采莲姑娘笑语盈盈
似有东坡知州泛舟湖上，醉意归来，美髯飘飘

一挂挂垂拂的柳丝，拨动潋滟的波光
一枝枝横斜的桃花，剪贴黛青的远山

西子湖畔，花映苏堤。大地芳菲熏袭人间
等闲春光中，谁人痴迷江南，倾尽一生慕恋

嘉峪关抒怀

看边陲锁钥，西域门钹
尽显黄铜本色。晴光要塞
关城巍峨，气压三千宫阙

落落大鹏，舒展长城巨翼
南拥皑皑祁连雪

北举磊磊黑山石

犹记旄旗猎猎，城堞上
将军策马，望断漠北烽烟路
征夫多边苦，击石燕鸣声啾啾

天涯行旅，闲情宽旷如我
凭高眺远，六百年世间峥嵘
雄关漫道何处？几度驼影夕阳红

（以上二首选自《光明日报》2019年9月29日）

昨天的玫瑰（二首）

张庆和

索　链

新月弯弯，
柳帘羞面，
湖边，你手指绞弄柳叶，
“我们……”，
话刚露头，
又被两片樱唇儿咬断。
踏踏踏……
你甩下个背影，
拉长我的视线。

从此，你身上，
就总缠着，
用我的目光铸成的索链！

就因为有那样一种心情

就因为有那样一种心情
我们的生命才这般沉重
为什么不能是那缕风呢
来得悄悄
去得匆匆

一路无影无踪
为什么不能是那片云呢
想淡就淡
想浓就浓
随意变换自己的表情
为什么我们不呢
像呢喃的紫燕
把春光裁成一道道风景

（以上二首选自《北京文学》2019年第1期）

中秋帖（外一首）

亚　楠

没有月亮，星星也
没有。一夜夜雨，咝咝声
拖得好长好长
也只有茫然的黑汇聚
在一起

今夜，我没想看月亮
只沉浸在自己
预设的窗口。冥想
仿佛黑茫茫也是一种心情

透过雨幕
想起了从前事，淡淡的
就像晚炊的轻烟
萦绕林中

天冷了。寒气愈重
心事就愈飘渺
或许吧，没有月亮的中秋
相思沉潜，就有
人落进黑黢黢的伤口

恍若经年

我并非不知道，一朵云的

归宿。但从前
水很深，我也只是
在水面上漂浮

流逝的部分，不再来
不再以春天的姿态出现。不再
引起我注意

和警觉。风很大
一种痛贯穿始终。常青藤
在午夜沙沙响

颓废的因子，缄默
像一把锁

冬天还会来。我还会在寂寥中
写诗，想过去
和那些凸凹的时光

（以上二首选自《扬子江诗刊》2019年第2期）

雪意与满盈（外一首）

朵 渔

天空在下雪，很小的雪粒
你脸上的微笑像瓷器上的光
心里也是满盈的
雪粒像你的舞伴

从酒馆出来后，雪已铺满一地
我们还要沿着这条积雪的小路
走过一段距离，才能回到
我们的家。在温暖的灯光

亮起之前，我们都很感激
这短暂的距离，让嘴唇缄默
只在内心歌唱。小巷里
一个男人冒着雪往家赶

昏昧的路灯照着他，像一头
温和的兽。我们都很熟悉
这种疲惫，在长长的、被情感
啃噬的岁月里。

活 过

我已活过济慈的年龄，二十六岁
写过几行诗，不得要领

我已活过雪莱的年龄，三十岁
半世安稳，在俗世的街巷
我活过了拜伦的年龄，三十六岁
血热着，开始学习变冷
我活过了帕斯卡尔的年龄，三十九岁
大师已入不朽，我仍茫然无措
我活过了马尔克斯写作《百年孤独》的年龄
我活过马雅科夫斯基写作《穿裤子的云》的年龄
如今，我就要活过加缪的年龄，四十七岁
我就要活过我爷爷的年龄，六十六岁
我是否还会活过我父亲的年龄，七十四岁
他还健在，我祝他老人家健康长寿
以便也祝自己健康长寿
我终将活过一个庸人的一生。

（以上二首选自《长江文艺》2019年第6期）

二辑　实力方阵

一面之缘（外一首）

刘高贵

原本可以早一天出门
或是晚一天动身
但我却在那个大雪弥漫的早晨
开始了这一次的旅程

然后小路　然后大路
然后跋山　然后涉水
然后在一个并不起眼的路口
遇见了你

再然后　你走你的
我走我的

但是　别过之后
我就感到后悔
既然是遇上了
为什么就没问问　你是谁

白玉兰

因为有你
今年春天的大别山
才配叫山
山中　那些

叫桃叫杏的花朵
开得才有意义
我的好友晓雷
才有理由占山为王
在小溪和月亮之间
搭起一架云梯

我必须是那云梯上
第一位行者
爬的越高　摔得越重
只要还能站起来
就不言后悔

事实上　即便是在疗伤期间
我也在替你操心
想为你找个托付身心的眷侣
可惜松树太老　竹子太瘦
榆树和乌桕更加不配

我也不配
这辈子
我只能做你的哥哥
只能一声声地对着远山
喊你　玉兰妹妹

（以上二首选自《大河诗歌》2019年秋卷）

雕（外一首）

——游龙门石窟有感

杨志学

雕进了人的欲望和智慧
雕出了世界的丰富与复杂

雕进了一些朝代的动荡
雕出了一个王朝的强盛

雕来了后世一代代人朝拜的目光
雕来了世界文化遗产的认定

雕出了——
莲花洞的瑰丽，宾阳洞的神奇，
和万佛洞的万种变化，更有

奉先寺卢舍那的恢弘气度——
那样的姿势，那样的目光
属于历史，也属于渺远的来世

（选自《作家》2019年第12期）

巴丹吉林岩画：猎盘羊

羊是丰满的
羊是温顺的

羊是美味的

羊自古就是人猎食的对象
又常常成为晋献的礼物
成为人的财产的象征
所以羊大为美

可惜这个世界
不是由羊的温柔构成的
而常常由虎狼的凶猛所构成

故而人们忽视羊的奉献
羊的牺牲似乎是天经地义的

（选自《上海文学》2019 年第 7 期）

药　丸（外一首）

李以亮

医生夸大了我的
病情。他所设想的疗程
其实只需走完一半。我要说的
是这些，多余的药丸
现在它们可怜兮兮地
失去了归宿，好了伤疤
我还应该记得，这世界的疼
跟我的相似，却又不同
我不知道，此刻
哪个角落正藏着
我听不见的呻吟
悖谬就在这里：有的症状
找不到对应的药；有的药
又不能及时赶赴
它对应的症状
我怀揣药丸，希望
出现一个下家
而这看起来，似乎有些居心不良

最后的大象

在干燥的季节
雨水
比眼泪还珍贵

它厌倦了那些
怯懦的豺狼
从不放过
一只
迷途的羔羊

对水源的怀疑
瘟疫一样
在象群中间蔓延
它厌倦了
同伴
同伴们的虚无

它早已习惯
不尽的迁徙
生命
就是迁徙的旅程
现在它老了
它寻找
沼泽
能够收藏它的深渊

（以上二首选自《长江文艺》2019 年第 7 期）

在梅花中寻找自己的红色（外一首）

唐　诗

梅花在瞬间冻醒，我静候的眼球
发育成另外的花蕾
在古老而广袤的香中，我幽幽地下雪
纷纷的意象
把我填充得一片纯洁

我在梅花中闭门不出，我在梅花中
寻找自己的红色
傍着祖先的蕊，我像鸟
凝视曙光
我像幸福探问根由

从一瓣梅花的前额，我看见火的一角
从两个季节的缝隙
闪过朝霞的衣裙，从无数
重叠的夜晚
漏出通红的炭的话语

透过枝叶的崇山峻岭，那团白影
跌落成万千的繁英
连着我骨头边的赤壤
连着我文字的血性，仿佛
含梦的星子，或者
携香的小灯笼，亮在风雪深处

在更大的寂静中，我不敢敲梅花的门
我怕惊散花蕊中的灯火

把花种在墨水中

把花种在墨水中
把泪滴在根须上，我想
获得新的泥土

让花开成墨色
让花开得疼痛，鲜艳的看多了
何妨来点阴影

不论是黑色的牡丹
或者黑色的蔷薇，都不是背叛
都不是夜的翻版

我听见墨水中花的行走
根须是那么灿烂
夜是那么平静

（以上二首选自《贵州民族报》2019 年 12 月 9 日）

群　山（外一首）

安　琪

群山梦见一个人向它走来
他带来细节丰富的图纸他对群山说
我要在你的心中筑就一座伟大的居室
他搬来长江的长
黄河的黄他用长江的长
黄河的黄筑就而成的伟大居室仅供
忙碌的蚂蚁居住
蚂蚁蚂蚁
你们来自祖国的每一个角落
每一根触须都有所在之地神秘的气味
我们就是这一只只触须独具的蚂蚁
我们从祖国的每一个角落来到这里
来到群山之中的云水谣
为伟大的居室所迷惑
看见一个梦
向我们走来。

（选自《福建文学》2019 年第 3 期）

立冬前一日，修水

松树。杉树。油茶树。
杜仲。白术。金银花。

你挤我我挤你互不相让地长
长长，长出一座又一座野性莽撞
的山：凤凰山。幕阜山。九岭山。
满眼的绿色
一层叠一层
划出了天际线
立冬前一日
修水没有肃杀的迹象也没有
冰天雪地的意思
二十四节气对南方的修水合适吗
我有点怀疑
南方有自己的自然法则
不与北方同

（选自《星火》2019 年第 4 期）

潭戒二寺（外一首）

宗焕平

天地悠悠，有的地方
去过一次，就不想再去了
有的地方，去过多次
还想去

潭柘寺、戒台寺是一双亲姐妹
或是一对亲兄弟
去潭柘寺的人
一般也会去戒台寺
反之亦然
若京西潭柘山麓是一条卧龙
二寺就是龙体的明珠
尽管它们相距三百年
一眼仍能看穿彼此
气质、体貌、血液的相似度
这天天气阴沉，当头秋日
被一层层乌云遮住
瑟瑟秋风，挥舞剪刀的旗帜
树叶被一片片剪去
又不时被风吹起
一副不甘心的样子
只有松柏绿着
倒显出几分寂寞和无助

这次我来，不是怀古
也不是拜佛，而要找一个高处
看看是谁打翻了秋天的调色板
让五彩斑斓的树叶落满寺院
然后深呼一口气
让草木，落叶和秋天的气息
注满我的灵魂和双目

杭　州

杭州是我去过最多次数的城市
每次飞机一起飞，这只大鸟
就张开翅膀，载着我飞向天堂
一落地，我就进入神话、传说
和故事的内部。特别是西湖
总是一位十八变的美女
每次相遇都似曾相识
又有几分陌生和好奇
浓妆或者淡抹，都恰到好处
苏堤和白堤，则是大宋和盛唐
留给人间最美的诗行
杭州街头漫步，就像在自己家里
品茶、喝酒和行走
没有一点异域和不安全感
感觉自己不是过客
而是在这里生活过多年

（以上二首选自《新华诗叶》2019年秋冬季合刊）

夕　阳（外一首）

冬　青

夕阳退进大海
镂金的晚霞 暂时停在夜空
最终也会退向昨天以前 不再回来
唯有我的生命向前 一切茫然

但我并不感到恐慌
向前和退下同时发生
最后 必将以退下告终

退向无可退 我们还在退
世界没有终极
人间也不会被抹去
无限不过是遥远的庸常

若干年后 我们回到这里
从水到云 从云到水
所有被爱过的日子 不可能再爱

结局

你悄然离去 像一种还原
回到天际的微光里
这是世界本来的样子
我们竟用一生 拒绝

不远处 众多出口紧挨彷徨
碎念在夕光里速早 无常
凄怆永随 我们仍抗拒此在
不甘接受 这瞬间垂落的空洞

从幽闭开始 孤独清辉慈悲
空茫与塌陷 不是结局
命运我行我素
天地不慌不忙

（以上二首选自《上海文学》2019 年第 8 期）

窗　花（外一首）

赵克红

晨光　投射在窗户上
那些窗花就醒了
纷纷用热烈的红色
开始交谈

它们谈论的是一把剪刀
是一颗心　可以从小日子里
把幸福的形状
剪裁出来

多么灵巧的弧度　尖角　波纹
多么细密的线条和让人舒心的空隙
一起养育着
这个令人迷醉的早晨

胡杨

没有了青春可以挥霍
它反而更结实

或者说它生来就没有青春
它最初的种子就是一粒沙子

在沙漠深处

一棵胡杨树常常与一堆白骨为邻

时间已经渴死在路上
日光也将在沙漠里干涸

而胡杨树还有足够的耐心
用枯枝拉完天地间最长的一支大风歌

（以上二首选自《北京文学》2019 年第 10 期）

潜伏的季节（外一首）

马淑琴

边关的额尔古纳河
冬天很长
长得像漫长的祈盼
夏天很短
短得如美丽的瞬间

驾着开河的春汛
战士与舰艇共同起航
奔赴神圣
同时抵达孤寂与荒凉
热情来不及泛滥，已被坚冰封堵

日月轮回，深浅跌宕的光焰
复印不尽的白昼和夜晚
雕塑一个硬梆梆的　雄性边关

一天，一个战士掏出一张
妻子穿裙子的照片
全岛官兵竞相传看
像捧着宝物一样庄严
后来，每个战士的衣兜儿里
都有了一张，女人穿裙子的照片
雪域孤岛
便有了一个，恒久潜伏的夏天

潜伏的夏天
暖了刺刀尖上的一轮冷月
融化了冻僵的八千里边关

（选自 2019 年 1 月 11 日《解放军报》）

妈妈的路口

妈妈打工离开村的路口
花儿用一截树枝
深深地划了一个箭头
在箭头所指的方向
用力写上：妈妈，我想你！

每天放学路过村口
花儿都会重新描画一遍
被人踩过　被风吹过
被车轧过的字和箭头
花儿想，只要箭头和字在
她的话　就会被那支箭
准准地射到妈妈心里
就像她扑到妈妈怀里一样

有一天　下雨了
箭头和字不见了
怕妈妈收不到她的想念
花儿哭了　雨也哭了
花儿的泪水被心疼她的雨水背着

沿着箭头所指的远方走啊走

有一天，下雪了
花儿用冻红的小手
在箭头处堆了个小小的雪人
她要让雪人死死地守住路口
白天 瞭望云朵似的妈妈从南方飘回来 不是路过
晚上 谛听妈妈回家的脚步由远及近 不要走错

又有一天　花儿放学走过路口
发现箭头分针似地掉了个头
原来是妈妈回来了
到村里新办的土特产公司当了工人
是妈妈让花儿的箭头转过身来
那箭头就像一只飞回来的燕子
用整个春天筑巢
花儿也变成一只小燕子
高兴地飞了起来

（选自《东方少年》2019 年第 9 期）

龙　门（外一首）

董进奎

光阴这潭水是一生死劫
往下游，容易混浊、泛滥
不定向的石头走在叫嚣的喉咙里

我偏爱逆流而上的事物
常细小、执拗、大胆
比如我看见的那条鱼吞尽泥沙
游向清澈、安静，不为人知的溪流

水中的残片，有断臂有头颅
成熟的石头是盘坐的佛
不出龙门，喜欢看台

一个女人用心经把泪打造出三彩
留下繁华，也挤进石龛

（选自《诗选刊》2019 年第 7 期）

一枚太阳睡在我家

我抱着父亲上楼太阳也随之升起
等父亲安坐在平房顶，阳光也落在了平房顶
能看得见远处的玉米在蒸腾的霞蔚中

他多换了几口气接近禾苗抬升的气息

我抱着父亲上楼，感觉越来越轻
好像把握不住一捆干枯的庄稼拢不到怀里
好像把握不住一束光不知去从
看他那恳恳的目光，想亲手捋着金棒娃子回家

我抱着父亲下楼，太阳也就这样一步步下楼
转角处总有所停顿，给他寻找折回的理由
余晖收进墙角舒展了一下、蜷缩了一下
一枚太阳睡在了我家，晚安在我家

（选自《牡丹》2019 年第 12 期）

饮　酒（外一首）

沉　河

友人你提酒来，想效仿古人
以雪下酒，那我得找个破茅屋
好对得住你的盛情
你说不必，一块空地即可
那我得准备土灶、铁焖和篝火啊
鱼即从湖中捞起
萝卜白菜蒜苗即从菜地里取起
一杯一杯又一杯
你我把自己灌醉
只是一切酒事皆情事
你未曾带一位红颜知己
这酒便当它作虚无之气
我们喝下了些什么呢
我们其间又唠叨了些什么呢
你把你这老身躯变成了
一根铁棍，我把我变成了
一堆泥。你的敌人不在这里
我的身上没有花朵
爱呀恨呀混沌成眼前的黑
你后退着向我告别道
有何进步可言，能退回去多好
此刻清醒的唯有此醉语

缺席者

——致张志扬先生

天命之年的老师去了大海边
传说中的天涯海角。他早有
自我放逐之心，并为之争取
缺席的权利。是的
他从荣耀的厅堂中退了出去
不再举手，鼓掌，请求发言
也不再接受举手、鼓掌和发言
像一个不参与任何比赛的人
只关心蓝天、白云和汹涌的波浪
以及大海更多的平静
他与自我交流，与神秘者交流
在溃退的队伍中坚定地立住脚
厉问风暴：是谁在追赶？是你这
飘摇无形者吗？这无所定性者吗
老师愈发苍老的身躯像块顽石
他站在大海边，成为一个
永久的缺席者

（以上二首选自《作品》2019 年第 7 期）

五月的秘密（外一首）

郝子奇

吹开麦田的一角
像掀开孕妇的衣襟　五月的风
引起一些神秘的骚动

蝴蝶飞离了麦稍
使一些青青的小蚂蚱
幻想了爱情

停不下来的涌动
拍打着散落的坟堆
仿佛想喊出来
那些睡了太久的人

醒着的人　正在
拔去多余的野草
他们知道　这些
越来越重的麦穗
因为饱满　停不下
身体的晃动

这些秘密　不可言说
拔草的人　因此露出笑容

雨后

太阳拧干了沉重的乌云
把它扔向远方的山顶

大地上的水珠
正被泥土回收
万物迅速露出了原形

不知道　匆忙的小蚂蚁
如何躲过了大水的灭顶
现在大水没有带走的米粒
正被它们喘着气　搬回家中

松动的泥土
让老实的蚯蚓
开始了梦的爬行
我不知道它们梦想怎样的生活
有的　把泥土吹出了泡泡
而有的　因为走得太远
已经累死在城市的水泥路上
再也无法找到泥土的大门

（以上二首选自《诗选刊》2019 年 11—12 期合刊）

何以计量（外一首）

毛　子

生而为人。这其中的概率和偶然
何以计量。

一个电影中的人，跳下电车
他遗忘在车厢里的伞
继续流动。
这不可测的多向性
何以计量。

世界固定太久了。它不是这个意义
就是那个意义，不是此就是彼
为什么就不能非此非彼。

——“我知道怎样处卑贱，处丰饶，处忧患，处沮丧……”
可保罗没有告诉我，怎样处虚无。

谢谢你的床单，你分泌的体液
它让我在这个唯物的世界
可以继续滑行一会……

圆

圆从苍穹、果实
和乳房上

找到了自己

它也从炮弹坑、伤口
穷人的空碗中
找到了
残损的部分

涟漪在扩大，那是消失在努力
而泪珠说
——请给圆
找一个最软的住所

所有的弧度都已显现
所有的圆，都抱不住
它的阴影……

（以上二首选自《长江文艺》2019年第2期）

刻石老人（外一首）

唐德亮

面对一块块僵冷的石头
刻石老人弓腰蹲着
挥锤握凿　叮噹的声音
将暮色唤醒

刻诗词，刻政绩，刻名胜地标
给思想留下履痕
让黑夜散发白光
也刻墓碑。姓名，生卒，功德
浓缩着昨日，今天，往世，今生
刻石者手背青筋暴突
用敲击出的星火
给这个冰凉世界送去
几点稍纵即逝的生命之光

藕

握着的手不放松。一节节
都是生死相依的兄弟
它呼吸。几眼寻找空气的鼻孔
伸向泥，伸向水，伸向空
鼻管干了，枯了，朽了
藕活着，甜着，成熟着，丰硕着
暗藏的骨肉。不死的生命。用柔软的手
敲打，一个僵冷的季节

（以上二首选自《诗林》2019 年第 2 期）

海边生活（外一首）

阿　毛

他不用海水刷牙洗脸
不借大海的气势和波浪的行距
辩论和做文章

但聚会、恋爱时
一定用海上日月、帆船的背景

他爱风浪中的海
与携着大海气息的人和事

所以，他常做一件事：
向大海扔一颗石子
然后离开

（选自《红岩》2019年第2期）

国家地理

由北而南，一路看尽

北极村冰花、北京月季
乌鲁木齐和拉萨的玫瑰
上海玉兰

武汉梅花、广州木棉
福州迎春花

台北杜鹃花
香港紫荆花澳门荷花

粉紫地丁开遍南沙
五湖四海的浪花溅湿我的头发

现在，我在一个界碑处
看到我衣服上的印花牡丹
忽然悲伤

（选自《前海潮诗报》2019年春季刊）

书房装修（外一首）

卢卫平

我的书房已年久失修
墙壁的斑驳，近似我在书中
读到的沧桑。变形的书柜
让摆放整齐的书凸起或凹陷
像我脊背微微弯曲时
我诗歌叙事方式的改变
调光台灯随夜的深浅
变换我心情的明暗
我的书房已年久失修
朗读一本新书，我会在书房
来回走动，我身影用不同的图案
在墙壁的斑驳处贴着墙纸
出版一本诗集，放在离
博尔赫斯全集五米远的书柜里
从这时开始，一种书房按自己
设计诗集封面的构思
翻修一新的的感觉
会持续到下一本诗集完成
印刷前最后一次校对

信号弹

小时候看黑白电影
看见信号弹

我就会跟着大人们
一起欢呼
大部队来了
敌人的末日就要到了
年过半百
还是那部黑白电影
看见信号弹
在响彻山野的冲锋号里
我沉默了
我知道
这部我一直喜爱的
电影就要剧终了
信号弹
那么刺眼而孤单

（以上二首选自《草堂》2019 年第 8 期）

拐　点（外一首）

雁　飞

一如四季轮替、时间周而复始
我们是不是需要
一个个既定的拐点

一如拥有这种无意识的自然规律
丢掉法律和命令
我们也如时间
自觉的转动

当集体有意识约定俗成
人类生生不息的宏愿
是否，便接近于功德圆满

我深信不疑
当我们最终醒来、全部醒来
我们都被照耀、相互照耀
我们看见了光
自己就是自己的日月星辰

（选自《诗林》2019年第1期）

文昌湫

配得上，你来发呆

你若忘情于鄱阳湖的烟波浩渺
春风会来，轻拂你的秀发
送上一个温软的怀抱

配得上，你来流连
你若痴迷于这片丘地的回环起伏
青草会来，轻拽你的衣袖
送上一朵野花的微笑

面对一块器石和一片青瓷
你应拿出最最晶莹的泪水
面对寂静的荒芜和一列动车的飞驰
你应拿出最最凝重的神思

只有最好的自己
才配得上
最好的山水

（选自《星火》2019 年第 5 期）

布谷鸟（外一首）

王爱红

布谷鸟一直在叫
积年累月
是的，就是这个季节
我并不认为这是一只真鸟

这只不辞辛苦的布谷
布谷鸟，在一年里
不停地叫上几个月
在同一个时间，同一个地点
在早上，甚至是晚间

好像有两年
没有这种声音了
今天，我突然想起了它
至于去向何方
确实不知
不知

暮春的早上
应该像今天这样宁静
不被任何东西打破
哪怕是美，是自然

（选自《九江日报》2019年10月27日“长江文学”副刊）

村庄里的幸福

我回老家就为奶奶
奶奶依然健在
没有什么能够把我诱惑
奶奶看见我别提多高兴了
我的理想就是奶奶快乐
奶奶长生不老

说话间又到了做饭的时间
奶奶一如既往地给我做好吃的
奶奶做什么都好吃

奶奶在做饭
我也不会傻等
我对奶奶说
我去外面走一走
奶奶说好呀好
见到不熟悉的人也别忘了打一声招呼

村里的人大都记得我
老远就对我指指点点
他们回首仿佛不是为了看我
我分明听见他们在说
这不是某某家的老三吗
某某在他们心目中不知有多么高大

喜欢与我套近乎的人总有话说
回来看奶奶了
是啊是啊

这样一问一答
点头哈腰
不知不觉就走到村外
走得好像有点远

雾霭笼罩着阔大的田野
春夏秋冬一闪而过
不知是哪家的牛哞把我唤醒
多么惬意呀
我不慌不忙地走着
所以不会离开村庄的范围
奶奶更是知晓她深爱的孙儿
就在庄子里
正走着回家的路
不知不觉
我已走成爷爷的模样

（选自《芳草·潮》2019 年第 4 期）

一场雨（外一首）

宁　明

一场雨，还没到来
已是满城风雨
对于这场雨，有的人斩钉截铁
有人依旧态度迟疑

雨让一座城市，顿时陷入了
一场议论纷纷的漩涡
有大道消息，也有小道消息
只有天上的雨知道，这些猜测
谁说的更靠谱一些

一提到雨，这座城市的人们
便自然会想起那个“狼来了”的故事
雨给人留下的印象
总是像一个爱撒谎的调皮孩子

其实，一场雨下得大一些
或下得小些，都无所谓
只要雨不再信口开河，或信口雌黄
人们就会善意地评价，这是一场
及时的好雨

（选自《阳光》2019 年 9 期）

一只蚊子

一只蚊子，再次霸占了我的昨夜
像一架嗡嗡飞来的武装直升机
在我耳边盘旋、俯冲
它翼下发出来的巨大轰鸣声
把整个夜晚炸得粉碎

这是一个战术娴熟的飞行者
尤其善于夜间偷袭作战
在一只蚊子面前，即使一位
王牌飞行员，也要遭到它的蔑视与羞辱

我出击的速度再快
也总是迟到于它的规避机动
仿佛蚊子，就悬停在不远处的黑暗里
正得意地欣赏，我一次又一次
无端地扇着自己的耳光

其实，一只最贪婪的蚊子
只不过是奢求一滴血
它甚至连一根汗毛也不能掳走
但蚊子欺人的态度，往往会让很多人
宁可丢掉美梦，也要愤怒地
与其决战

（选自《辽宁诗界》2019年冬之卷）

孤独成两人（外一首）

盘妙彬

从前两个人上南山
其中一个在1500年前故去，留下孤独的我
一个人过江，上南山

野果还是野果，没有从前甜，环境使然
泉水还是从前一样清冽，1500年对于地球只是一瞬
黄菊花路上采的
想必他还是喜欢

在我家乡，云漫岭在东，百丈岭在南，天堂岭在西
为了生活，我离开了
走下长长的云漫岭到大河口
那里的汽车通往世界各地

我来到这个孤独的城市
常常一个人过江，上南山
让1500年前故去的一个人怀念我

太平洋暂寄

多年后，他简居内陆深处的云漫岭
在离天很近的地方种菜
偶尔翻翻旧书，对云下之事闻之一二，忘之三四
他忆起最多的是深蓝的太平洋

浩大的钢铁在挤压，在运动，但沉稳
看上去风平浪静

那是他来到东海岸的第一个早晨
第一次见到太平洋，在他的脚下

浩大，运动，铁和铁往深处生蓝，嘎嘎嘎
但他看到风平浪静，他走了上去，每天早晨和傍晚
自此生出了闲心

他看到坦荡，深远，空无一物，在他脚下
这是他见过的最大的大海
和他上小学在语文课本读到的一样
他走了上去
漫步，东去美洲，北上日本，南下澳洲，一切风平浪静

当下，云漫岭气象万千
云下是千层峻岭的波澜，万重峰巅的浪尖
他走到云上，风平浪静

（以上二首选自 2019 年 11 月 25 日《扬子晚报》）

一首诗能保存什么（外一首）

江　非

一片土地
以及那些大地上的事物

一个月份
以及天空中一支沉默的曲子

一顿晚餐
以及时间的餐桌旁一个孤伶伶的孩子

一个语词
以及故乡的泉水中那些流动的银器

以及
一个人走过街道

他不是那个人
但是那条街道

以及
听到一个世界

却不说话
不使用人的语言

以及
人借自己的语言惩罚自己

晴朗的日子

我即是对他者的占有

那个小男孩
似乎也明白这个道理
他和他的母亲
在广场光滑的地砖上走着
边走边相互看着

他们走到一个花蕾前停了下来
他们要在那个花蕾边等上一会儿
等花蕾开成了花朵
然后把它摘走

他们弯腰
在远远的地方穿着蓝衣服

（以上二首选自《安徽文学》2019年第9期）

雪后的路（外一首）

李 皓

被粉饰的，让一些素面
呈现出滑头精致的部分
一个趔趄，或者仰面朝天
在陷阱之外
露出崎岖的马脚

人们多为掩盖而欢呼
江山一笼统
每个人都是太平绅士
烹雪，温酒，煮茶。躲进小楼
对窗外的风声充耳不闻

一身素白的鹤
在艳阳高照的雪野里羽化成仙
我已被这些碎片致盲
被粉碎的时间，从一九踉跄到九九
一次骨折，可能终生惧怕井绳

腊八日遇雾霾

切莫再把雾霾视为妖魔
快过年了，着急回家的先人
用尘埃铺就一条道路

他们衣襟带花，衣袂飘飘

最好把雾霾当作熬粥的一种用料
我们自己种下的，堪比
各种米，豆，瓜，果
抑或一味药，用因果送服才行

大雾满山，适于围猎
在林子里找出那些藏得很深的兽
让它飞翔，变成祥和之鸟
让它过年，极尽折腾之能事

给雾霾一杯羹，给被误读的事物
放一条生路。春天伸出来一根指头
一再提醒我们，诗酒意气只能偶尔为之
七宝粥饭，五味才是真味

（以上二首选自《石油文学》2019 年第 3 期）

杏　花（外一首）

张映姝

像晨光，唤醒蒲昌城的
睡眠。两个闯入者
被流淌的寂静，催眠
彩色的门，散发生活的热度
本色的木格窗，与土墙的审美
吻合。透过院门，葡萄藤萌发的
芽苞，氤氲于刚泼洒出的湿意
一群鸽子，翻飞于鸽哨的
明亮。垂下眼眸呀
一枝粉红的杏花，探向
窗格的幽深。相映于土墙的
沧桑、厚重——出乎想象的美
我就要醒来。快呀
让我再看你一眼，你这——
土墙边的小杏花

白番红花

有的记忆，是埋在
地壳深处的祖母绿
黑暗中的疼痛，释放于
光的切入。一张照片

恰如其分的出现

与春天有着一致的方向
吹向远方的草原
我知道，积了一冬的雪
悄悄融化，云杉默默返绿
雪崩的轰响，隐如天际的春雷

我虚构了这么多
雪的线，羊的群，山的鹰
甚至整个那拉提草原
只为了，就要绽放的你
冰雪中的你——白番红花
我体内的矿床，拥有你
刺骨的疼，和决绝的绽开

（以上二首选自《广州文艺》2019 年第 9 期）

偏头痛（外一首）

剑　男

症状得不到缓解，突然觉得人生短了一些
痛苦产生哲学，但痛不是哲学
我的痛是我自己的，我有满脑子纠缠不清的思想
但我不认为偏头疼也会带来偏见，就像
在这个令人焦虑的初冬下午，我向一位医生打听
对症的药物，他给我开出天麻、白芷、川芎
辛夷花及女贞子，让我和甘草一起煎服
我确信这些药草中，只有甘草对症了我的偏头痛
我确信五十年来，是甘草的那一点点甜
让我偏着脑袋，在庸常生活中吃尽了苦头

（选自《长江文艺》2019 年第 12 期）

晚霜

霜露起，大地双鬓斑白，但没有值得
悲切的事物，乌桕
红过二月花，但没有晚唐迟暮的气息
白云生处是烟波中
挑出屋檐的一角，美而虚泛
是经霜后碧玉的白菜、水晶的萝卜
没有开始也没有结束，只有

冷光倍享万物的衰荣
就像草木身处世间无自毁之力
留存的孤枝也不能在霜冻中更加遒劲
只有牛羊的眼更加慈悯
村庄在冷暖自知中大寒下气
母亲在庭院收拾过冬的柴禾
我们跺跺脚，进屋帮母亲生起炉火
晨露未尽，晚霜又起
那一抹白涌自山腰，像夜未央

（选自《人民文学》2019 年第 6 期）

阳光正在生长（外一首）

徐丽萍

阳光正在生长　它推开婴儿的睡眠
好奇地探出头来　世界就不经意地跌落
在它灼热的眼睛里
这些五彩缤纷的光芒
聚集在一起又飞散出去
它们任性地扑向人间
这天使的热爱　让人的心暖起来
大地暖起来　阳光借助植物的力量
努力生长
它是要让所有的事物都日夜拔节
枝繁叶茂　长成不一样的景象

阳光正在生长　它要全力以地闯进
宇宙的核心　击碎那些要命的阴霾
那些埋伏在路上的灾难或风暴
阳光正用它强壮的身躯悬挂中天
它七彩的光线正以惊人的速度
直抵人心　温暖正在流传
阳光以爱的名誉　普照四方

像童话一样生活

如果你像一滴雨滴　掉落在我的掌心
如果你像一缕春风　悄悄吹开我的心扉

请不要羞怯　这令人怦然心动的一瞬
是爱神将花瓣撒落人间的恩泽
月亮的白银　星星的眼眸
搭建的熠熠生辉的城堡
住着精灵与女巫　巨人与野兽
我乘着萤火虫透明的翅膀
像风一样舒展　自由穿行
请你到四处生长着新鲜的梦
到处盛开着奇花异卉的国度
让我们用智慧打开一座
通往宇宙自然奥秘的宝藏
我们逐水而居或携手飞翔
七色鹿伫立在湖畔守护
飞禽走兽都臣服于
此刻的温暖与宁静
幸福花次第开放　涌现到我们眼前
我在你近旁　或者飞向远方
那些悲剧的爱情与我们无关
没有谁能阻挡心有所属的坚贞
我们陷落在彼此的深情里
像童话一样生活
像阳光一样生长

（以上二首选自《绿风》诗刊 2019 年第 4 期）

野外数学的反光（二首）

亦　非

话说数学

你不敢面对数学
你怕它锐角的光芒
照亮你
你怕它像绳子一样
等你一点点靠近

你远远地躲开它
希望它迷失在古代的宫殿里
但你知道数学的伟大
它清澈如水
它会避开水里的很多鱼
找到你
让你听听石头怎样说话

你企望从不等号的边缘
找到一条草遮木掩的小路
可数学的方程早已在等你

在等号的另一端
数学的反光照亮一朵野花
和几只微笑的蚂蚁

极限

鱼和鹰之间隔着什么
不仅仅是大海和天空
更不是薄薄的一层水面
在鱼和鹰的想像里
也许从未突破鱼眼和鹰眼所见

即使有些鱼被鹰突然掠走
即使有些鱼曾跃出海面
鱼和鹰之间
也隔着思维的极限

宇宙深处的星云和黑洞
被地球上的天眼探测
森林中被闪电惊呆的动物
不懂人间的鬼神传说
鱼的世界里没有花开花落
鹰的视野里不见海中珊瑚

鱼和鹰可能不懂数学
那些被数字串起的日子
枯萎或茂盛
都与它们无关
只是变成一条鱼或一只鹰
一直是许多人们的梦想

注：“极限”是高等数学中的一个基础概念，通俗内涵可理解为“无限靠近而永远无法达到”的意思。

（以上二首选自《中国乡土诗人》2019年第9期）

白　云（外一首）

王芬霞

山涧的云
跌落了一个影子
探头看了看水中的自己
轻轻吻了一口山的嘴唇
又向山那边游离
云，洁白的抹布
白天，把太阳擦亮
夜晚，静静地衬托着月亮

故乡的云
载着母亲深情的目光
南望祁连
青海的长云下
有她采油的儿子
西望大漠
白云深处
有她从军戍边的女儿
远望白云朵朵
我仿佛看见
母亲　摘下一朵白云
擦了擦眼角的泪水

有一天
她向白云深处走去

她越走越远

山羊

羊角顶出了太阳
阳光从山羊的脊背上抖落
青草带着阳光的味道
羊咀嚼下青草上太阳的温暖
顾不上倾听一只鸟儿的呼唤
太阳正在穿透羊的身体
五月行走的风
最懂羊对草的爱恋

云，端座山顶观景
山，眯眼看了一眼太阳
小溪举着白云
伴山川奔跑
屋顶升起的炊烟中
飘来了一缕羊奶的清香
羊吃饱了草，躺在草地上
看着天上奔跑的羊群沉思
时光
像驱赶着羊一样驱赶着万物

（以上二首选自《人民文学》2019年第12期）

夜　航（外一首）

熊　焱

有时我从夜梦中惊醒，仿佛是远行归来
风尘灌满双腿，光影压紧肩头
路弯曲着，头顶是失重的乌云

有时在夜深处，一把刀在我胸膛磨砺
心是它的鞘。它吹毛即断
渴望饮血，以拭锋刃上的月光

有时我写作到很晚，夜一直在陪着
星辰闪耀，是我把纸上的修辞搬到了天空
灯光忽近忽远，调整着我和黑暗的间距

有时我开车穿过深夜的长街，霓虹明灭
街景一闪而逝，仿佛过隙的白驹
一眨眼就跑进了中年。愿沉睡中的人
都能在梦中获得幸福
而我只愿意与孤独同行，一起抵达天明

耳鸣

一只蝉在左耳里呼喊——
那是尘世中车马喧嚣，行人熙来攘往
一个歌手正高亢地独唱

金属的嗓子，喊出烈焰滚烫的热浪
也喊出瀑布倾盆而下的冰凉

我是惟一的听众。在烈焰之外
在瀑布之外，岁月的信使正打马赶来
为我送来秋天的请柬：
青春已远，我正跌跌撞撞地跑进中年

这一路我已涉过千山万水的拥挤
只有孤独的人，才配听见这心灵的沉寂

（以上二首选自《上海诗人》2019年第1期）

暮色图（外一首）

高若虹

不是太阳神下山了
是贺兰山石翻了个身
你看，它正一点一点退回黑暗中
成为暮色的一部分
这么晚了 还有人出现在石头上
是什么力量 让一个人从石头里磕磕碰碰走出来的
一只羊羔跑着喊妈妈的时候
所有岩画的线条都向它弯下腰去

双羊出圈图

牧羊人一定是孤单的
刻了两只羊 还是一公一母
出圈的叫声是成双的
有呼有应 就把寂寞喊小
互相凝望时 是三双住着对方的眼
在贺兰山 任何一块石头都是有野性的
一翻身 就是一只虎狼
那么 就从石头里取出一只犬跑在前面
再从石头里取出口哨
千万别忘了取出牧羊铲
它们能延伸牧羊人对羊的呼唤
留下那间空荡荡的羊圈

正午的阳光水一样在里面汪着
一会儿晃荡 一会儿平静
就像此刻 我内心的空寂和茫然

（以上二首选自《飞天》2019年第12期）

画境：云上有家（二首）

吕　游

画境之一

我有一块良田在天上，种满柿子树
黄昏一来，秋天的柿子就熟了

我有一座水晶的小屋，空了多年
风不要吹，我要等着接这些柿子回家

有多少，就装多少
多年后，你们可以发现很多琥珀

只愿此刻风不吹，水晶的家里
灯笼高悬，星星的孩子正在回家的路上

画境之二

群山装进心里，就是连绵起伏的心事了
只有如此，远方才不会轻易退潮
我需翻山越岭，才能抵达梦里的桃园

风浪再大，也会为那叶扁舟让路
心事如石头，垒得再高，也要为你让路

我有万亩画卷，卷成一米七六的我
此时胸口起伏不定，如河堤开始弯曲
那定是你撑一支竹篙，向我驶来

（以上二首选自《诗选刊》2019 年第 5 期）

父亲的原形（外一首）

方文竹

从苦海中打捞起来的父亲啊
带着体温和气息的草叶
回到老家，巨大的身躯渐渐缩小
在环形山的包围圈中收拢
父亲与扩展了的父亲，一千个父亲
合一：本来的父亲啊
曾经拧我的耳朵骂了我一晚的父亲
强壮的身体在田地间劳作一生的父亲
跟村长论理一拳打过去的父亲
将六块钱当作六十块钱用的父亲
终于回归于白云与松涛之间的一块白碑
像顽石一样可以触摸到了
这是父亲的永久居住地
父亲不再走了，背靠高山的巨大行李箱
这些生前死后的用具依然丰富
无名的父亲。辛劳的父亲。低调的父亲
终于回归于一小垄山地
我站在父亲面前发誓，以后不再扩展父亲了
不再让父亲在时空中漫游
念叨着父亲就来到这坟前
站在“这一个”的父亲面前
在世界的兴风作浪中
钻出词的黑洞：父亲

这才是真正的父亲！

渐渐缩小的父亲，不再是
概念的父亲，抒情的父亲，普世的父亲
经不起太大的爱意和扩充的父亲
陪我漫游世界遐想无边的父亲
与人交谈中的父亲曾经大大变形
甚至将阿尔卑斯山想象成父亲的臂膀
曾将月色中的敬亭山想象成父亲的蹲坐姿式
被分发到世界各地的父亲
将父亲的线索撒遍世界的父亲
将父亲的含义穿越古今中外的父亲
这一个父亲还是那一个父亲吗
终于回到了父亲的原形
我看到了时间里的骨血
和自己真实的：父亲！父亲！父亲！

（选自《草堂》2019 年第 9 期）

暮晚辞

万家灯火将要亮起　宛溪河边的我
多么孤单　会思考的芦苇始终站成一排

一棵扬花的树在风中自问自答
一只入巢的鸟将天空当作故居
然后拆迁

万物已经归顺　人间的地盘已经不够用

星宿的客栈收留下少量押韵的翅膀
海面上　已无狼的传说

落日是一只巨大的提篮　此刻
却不需要我来拎着

（选自《江南诗》2019 年第 2 期）

大裂缝（外一首）

田　湘

像一个人，非要狠心的在身体里
撕开深深的口子，在伤口上
唱歌。非要用斧头将躯骨砸碎
让它长成造型各异的玲珑

更像一首诗，非要拿掉一些丰盈的词句
将它掏空。非要制造不明不白的闪电
让抒情的雨雪落下，把衰老的词
复活成新的病句，每次
我读到这里，就像听到陌生的狼嚎

去人间

88 岁的父亲第三次脑梗死
活过来后，不再认识我，和这个世界

一个长满皱纹的婴儿，他生养的儿女
更像他的父母：教他说话、打手语
为他更衣，擦去身上的不洁

他断绝过去，从前的苦
与他无关，又像没有吃够
还要重吃一遍。对旧事物重新认识
让旧瓶装新酒，老树发新芽

把一万年前的太阳说成是新的
给花草重新命名，建立新秩序
轮椅上装着伤残老旧的零件
他豁出一条命，再次去人间

（以上二首选自《诗刊》2019年9月号上半月刊）

晚　樱（外一首）

潘志远

一点也不晚
从今年时令看，且正当时
桃花红，杏花白，菜花黄，柳色青
你再锦上添花
枝枝簇拥，每一朵都绚烂
以日晨妆，月晚妆
涂抹点点夜露，听一曲莺歌
莺是我好友
杜鹃是我故交
言语不通，但心相悦已十五个秋冬
大叶女贞一直坚守在台阶旁
不上也不下
不像我每天急匆匆来去
风雨无阻，小山头上兴衰荣辱六十载
大势，也不唯大势
风正劲，一树梨花若雪
晚樱若霞，霞映黄昏，听荷池传来三两声蛙鸣

月季给我上了一堂芬芳的心理教育课

漫天绿色中
月季给我上了一堂芬芳的心理教育课
虽然有些晚
但我还是虚心地接受

之后，还会有一些花继续给我上这样那样的课
不是新的，老调重弹
可我不会厌烦
照例会很虔诚地倾听
因为我知道，对于一个人
和这世界，有太多的事
需要我们去温故知新

譬如，太阳热衷于打白条
月亮习惯磨亮它的弯刀
而星星，一次次将夜幕捅得千疮百孔

（以上二首选自《白天鹅》2019 年第 5 期）

登凤凰山（外一首）

袁东瑛

当老牛背着落日下山时
我正赶着黄昏，吃力地上山
没有霞披，我无法飞翔
只能一步一步爬行
上山的路，只有一条
无法回头，只能如影随形
要自觉地向上看，与逆行的风擦肩
摘下俗身
想飞的人，必要学着轻装
有轻功的人
腋下必长一双隐形的翅膀

夕阳正在隐身，远处的歌声
一缕缕嵌进了峡谷
“金龟求凰”的神话再次涌现
有人看见了落叶，有人看见了蝴蝶
而我却看见一些低处的流水
在绝处中逢生
沉重的肉身被带到了天堂
有许多植物的神经，敲打着钟声
一些不愿褪去的绿蔓延着畅快
聚仙台，被一只大鸟驮着
时隐时现

瞬间，我的心万仞齐拔
如凤凰展翅

风暴从没有压低过声音

晴朗之夜
月光在水中作法
衣冠穿在了陆地的身上
大海却拆除了装扮
裸露出不规则的海岸线
只要稍纵，就会有人跳下
深不可测的漩涡
是曾经的火焰，我爱过
在船艕上刻字，以岸做记号
证明徒劳的意义
唯有海鸥才辩得清海面
它频繁地低飞，张开宽大的翅膀
摄取了所有的功利

风暴从没有压低过声音
当潮水再一次涌来
岛屿却低矮了
我意外地发现：一见高低
是多么愚蠢的较量
最先扑过来的水
最先死去

（以上二首选自《诗歌月刊》2019 年 12 期）

人物二题

徐春芳

李煜

我透过三月和春花
看你，李后主头上的白发
染上了往事的易碎和香气

我们曾点起一炉春风
围坐着看宫娥翩翩起舞
词句里依稀闪烁着笑声
一弯新月下，金樽里的美酒
如此陶醉而满足

醒来时只有绝望的天空
一只鸟的飞翔擦破了美梦
谁能担得起——
一座江山如毒蛇在疾速游动

命运的战船溃不成军
我放弃了讲述真相的愿望
我离开金陵的时候
夕阳在身上抹下一缕擦不掉的口红

刀的锋芒冷冷地掠过菊花

当时，我的心颤抖了一下

曹植

几茎黄豆的苦根
燃烧着宫斗的剧情

一步，两步，三步 …… 七步
词语，成就了诗人

刀剑没有撼动
诗人的舍利金身
皇位没有压垮
诗人的金刚怒目

当岁月成为灰烬
留下来的只有——
智慧和诗句淬炼出来的合金

（以上二首选自《上海诗人》2019 年第 4 期）

割　草（外一首）

祝相宽

满满的一筐子青草
小山似的压在父亲的驼背上
好像再多一棵草
整个秋天都会被压塌
像夜色压着落地的夕阳

秋天如期而至
青草年年疯长
父亲割不完世间的草
倒是那座小山把他越压越小
直到压进，荒草萋萋的坟场

向上或者向下

有些事物一旦落地
便会被时间埋葬
比如枯叶和落花
比如虚假的爱情和腐烂的翅膀

而另一些事物生在低处
他们注定升起，直到天上
比如老家的炊烟变成了云朵
比如奶奶的笑容融进了月亮

大地在下，苍天在上
惟愿，百年之后
一个我变一把泥土
一个我化一片月光

（以上二首选自《诗选刊》2019年第9期）

作　息（外一首）

应文浩

日出而起
像一株植物抬头
接受灿烂

在人世间的一小段行走
大如一个星球在旋转
小如一只汽球在飞行
冷也走，暖也走
似一个物体的惯性

日息而卧
放下吊桥，放行
所有的人、一切美丑善恶
皆因无边的黑色而含混着

此际

他一个人在屋里
灯光宠着
此时，他面色温暖
如一个世界的中心

外面，月光正开着
那白色的光辉
慢慢透过窗子
寻找他的脸

（以上二首选自《中国作家》2019 年第 4 期）

古典的蘋（外一首）

陈群洲

即使是白天的遍地阳光，这里的景致
依然叫潇湘夜雨。天色向晚
烟雨氤氲。梦一样的小岛，打动天下

潇湘奔腾不息。选择春天的佳期它们合二为一了
从此，它们的每一天都是新的
只有蘋，永远是古典的样子，与众不同

院子里的桂，年年花开。这些书香门第的长辈
第一次开花的时候，我们祖母的祖母
含苞待放，还没有当上母亲

（选自《芙蓉》2019 年第 6 期）

在南天门看到清晰的人间

往上，是祝融峰、玉皇大帝与众神的天庭
不舍尘世。回头，人间依然清晰，河流与村庄闪着微光

炊烟袅袅。这旷远的梵音，蔚蓝而渺茫
我们尘埃般小小的依恋与热爱，这样美好

凡夫俗子总是这样。越靠近仙境
内心的牵挂越多。越往前，越艰难

（选自《诗潮》2019 年第 11 期）

醒　来（外一首）

冰　风

从故乡的晨曦中苏醒
而梦却迟迟不肯归来

在遥远陌生的地方找到自己
却在熟识的居所把一切掩埋
那针尖似的嫩芽刺透草原的春寒与蓝天
那雷霆般的马蹄为古老的传说
重新披挂上出征时褐色的铠甲
来不及一掬多情泪，如微雨后草叶上的露珠
绿茵如潮，把腰身渐渐淹没

故乡消失于一场梦里
矗立的楼盘慢慢变矮变小，直至
低于尘埃，沉于青草的脚下
故乡从辽阔无际的大草原归来

一个游子的睡眠总是时断时续
而梦却把零散的片段精心编织
仿佛毡包里一位银发如丝的慈祥老额吉
一针一线，悠悠绣织着岁月

远方，你还在远方之远吗

在一场扬尘而至的骤风之后

在一场夜落无声的细雨之下

我总会想起种子萌芽时，那青涩的梦
也会遐思郁金香绽放，会发出怎样沉醉的
　　叹息
还会想起许多，许多关于色彩、音乐
七彩琴弦上陌生的舞者

我总会禁不住思念你，远方
在我的脚步无法企及的圣地
我的忧伤也难以抵达
只能以恒河之水敲击新月铸就的古老铜钟

远方，你还在远方之远吗
为何不以高耸入云的山峰昭示你的信念
或者，以大海汹涌的波涛抒发你的情怀

其实，你就住在我心中，永远为我
高高扬起前进之帆

（以上二首选自《草原》2019年第10期）

放马金银滩（外一首）

周占林

来到金银滩草原
一定要找一匹合适的马儿
飞驰在娇嫩的草尖
如果你敞开心扉，就可能
打开这个火热的夏天

放马金银滩
是一件多么奢侈的欲望
风吹草动
像一群孩子奔向
远处的大山

草儿想不到，马儿想不到
一群写诗的人来到了金银滩
天蓝了，草绿了
所有的小花都迎风招展
如果你不想当一个著名的诗人
那就当一个骑手
哪怕在马背上一步三颠

金银滩，银银滩
比油菜花更亮的是
马背上少女的脸

达玉部落寂寞的夜晚

夏天的火热被夜晚的凉风打包
让达玉部落的夜
一下子冻僵
这个寂寞的夜晚
一个姓周的诗歌工作者
无限怀念北京的夏天

草原早已打盹
那些反刍的牛和安眠的羊
都与这个夜晚无关
我的体内此时最需要的
是一座随时可以爆发的火山

想到寂寞，想到夏
身体被黑暗吞没
枯寂的数数中
多想听到草原上哪怕是再小的昆虫
来一神曲
拯救暗夜里渐行渐远的思念

（以上二首选自《星星》2019年第10期）

悔　悟（外一首）

尘　轩

我不该出现在这里
不该占有一块土地
以及，灯火和朗诵者的声音

不该疏远一些人
不该让他们成为一个地址、邮箱、电话号
不该忽略他们的呼吸和感受

不该写没有手感的诗
不该让字纸抢占更多光阴
不该从你手里接过一个夜晚
也不该从他手里接过一个清晨

一些诗是石头、剪刀、布
一些诗是调料、药材、酵母
一些诗是房屋、被子、粮食
一些诗是马车、蔬菜、水果
一些诗是衣服、牙膏、画材
我不该让诗成为我的生活必须品

但，一些诗是天空、大地
在天地之间落子，我不悔棋

我是一个什么样的人

我在诗里下雪，也在诗里扫雪
断不觉白茫茫一片真干净
我是一个在诗里有洁癖的人

阳光布满房间，省略夜晚
早点端上来前，省略饥饿
电话和房门关掉，省略问候
我是一个省略主语的人

激动时，我是人群里安静的一个
忧伤时，我是人群里安静的一个
孤独时，我比时间安静
受伤时，我比伤口安静
我发出声音时，世界变得安静
我是一个适当喑哑的人

缝合一个夜晚和一道峡谷，难度不太一样
面包上的暮色和茶水里的暮色，味道不太一样
我是一个喜欢找茬的人

在路灯下回忆往事
在画布上修复日记
我是一个迎风流泪的人

时间不再续杯，羞耻之心不断注满
在拳头大小的湖泊里，倒映自己
我是一个站在镜子里的人

人类睡下，宇宙增大面积
抱着空荡荡的身体，我突然成了容易失眠的人
一个被乡愁养大的人

（以上二首选自《草堂》2019年7月号）

光（外一首）

石玉坤

从一双包抄的手中逃离
一面镜子的光斑
就是一只灵动的蝴蝶
“当你想捕捉住它，一缕光
便有了警觉的身体”

一旦被掌控，光代替我们出发
向黑漆漆的天空送去邀请
或者孑然走向更深的黑暗
像一枝清白的莲藕
孤独地陷入暗夜的淤泥

曦光拂首，星光抚怀
灯光照亮回家之路，更多的人
像是一只只萤火虫
一小点光亮，明灭闪烁
宛如微弱的呼吸
在黑夜，绝不咽下那口气

观剪纸

秘密隐在一张彩纸里
事物有破茧的冲动
手折叠出路径

一把剪刀剪出各自的命运

跳龙门的是鲤鱼，非鲫鱼
非鲢鱼，非草鱼
喜鹊登的是梅枝，非松枝
非桂枝，非槐枝

蟠桃献寿，龙凤呈祥
我们看到的都是预设的
是约定俗成
剪刀被手操控，手不随心

（以上二首选自《安徽文学》2019 年第 6 期）

花　生（外一首）

田　斌

当别人家的花生才下种
我们家覆薄膜的花生已开花

黄黄的
像一群早恋的少男少女

等到别人家的花生才开花
我们家的花生就成了市场上的抢手货

我们家的花生，像早当家的爸妈
穷则思变，才更懂得不负春光

（选自《安徽文学》2019 年第 8 期）

写在了灰里

记得小时候，你用一块带尖的
石头，在场地的一角
在细的泛白的灰土上
反复，不停地抒写着什么
那灰里显出的字，醒目，又熟悉
像什么人，又像什么事
你不停地抹去，又重写

流露出你心中不为人知的秘密
那些字带着你的欢愉飞翔
把你的一点小心思呼之欲出
那不停抹去，又重写的字
在你的心中翻腾着，汹涌着
像抑不住的激情
直到傍晚，暮色苍茫，晚风吹拂
你才被村口急切的呼声唤醒
你不知道，你在那坐了多久
你好像在那个下午
把你年少时想说的话
一辈子想说的话
一下子都写完了
那抹不去的记忆
都写在了灰里，埋在了灰里

（选自《上海文学》2019年第9期）

追风的琴（外一首）

柴立政

跟着一群羊走，如同
天空上
风赶着一团云彩
幸福的人
听到人世间最柔软的声音

有羊群在，即使
是冬天降临
草枯黄
也不会孤单
温暖是别人无法触及的

追风的琴，手里
握有一把音符
让岁月回眸
看闪电后的寂静
都被阳光镀了一层金色

一群羊，又一群羊
走过了天边
进入了云彩里
成了景致
望一眼便是悠扬与辽阔

风落在树上

夏天，借助雨水
我认识了国槐，认识了丝棉木
分清了侧柏，和桧柏
那一种绿让我生出赞美的冲动
午后从一棵油松上走下安宁
并靠近云杉，轻轻触摸
那针形的叶子，青色逼人
心灵需要这英气喂养自己
一群鸽子迎面飞起，惊回首
看见清爽的风
悄然落在眼前的树上
树欲静，而风声却无处不在

（以上二首选自2019年11月22日“河北诗歌”公众号）

昨天已埋在今天的下面（外一首）

鬲　子

第一场雪，纷乱地落进我的生活
“昨天消失了”。扫雪
不同于扫垃圾，扫落花
越扫，院子越脏
越扫，我意识到，院子
是扫不白的
今天，是扫不掉的

而且，雪
堆积到哪里，哪里
就埋下了某种隐患
即使“雪里埋雪”，我也迷信
昨天冰冷
已埋在今天的下面

扫雪
会留下伤痕。一道一道新的伤痕里
有扫不去的、旧的疼痛

惊喜

湖岸出现，事物分为
固体与液体两部分，我们分为
你和我两部分

湖水淡泊，像月亮的思想
看芙蓉开花，白天他们举着火把
看阳光被水面折射，光芒刺目、蜇人
看一块石头落水，咕咚声冒出水面
看蜻蜓点水，一个一个新的波纹
全是新观点

一个下午，从并列关系
我们终于走到了递进状态——
晚霞温暖，仿佛鸟巢
落日圆满，幸福，像天空的独生子
这时，我们以为
太阳从西边出来了

（以上二首选自《飞天》2019年第8期）

两个事件（外一首）

代红杰

在现实的悬崖边，我拒绝飞翔的想象
和假设
我接受事物呈现带给我的被动
比如，今天我要参加两个典礼
一个是出生，一个是死亡
为此，我准备一身喜庆的红色唐装，和
一身肃穆的黑色西服
这是我尊重他们低微的表达
我想，迎接我和为我送行的，也应该是这份穿着
出生和死亡都是身不由己的事件
壮烈和屈辱有时候是同一意义的词汇
我分别为他们准备好了颂词：你茁壮成长，你一路走好
你有喜鹊陪伴，你有猫头鹰相随

荷 塘

水尚浅，荷在水下修行
需要时间的
所有的隐蔽都是暴露前的隐蔽
六月，一夜雨水奔袭
荷花走出水面
趺坐在荷叶之上
这淤泥中亮身的女子

让我生出盗者之心
这坦然的佛面
让我收回盗者之心

（以上二首选自《四川文学》2019 年 7 期）

秋　雨（外一首）

江　浩

明晃晃的柱子
撑得天空越发高远
众生直起腰。看清

自己的果实
雨，把果子擦亮，催红
也把果子打落，任其腐烂

月亮于瓦罐中破碎。诤言
在石头里挣扎

星空

许多年没有见过星空了
也找不到，北斗星的位置
这些年，一直低头赶路
忙于生计，也曾留恋于酒绿灯红

星空，是遥远的事
那时荒草地还在
蛙鸣和萤火虫还在，蟋蟀的歌声
口中的那根狗尾巴草，还在

最近一次见到星空

是在澳门的威尼斯人
逼真、恍惚。没有星星对我眨眼
仿佛，它们也都迷了路

（以上二首选自《扬子江》2019 年第 6 期）

土墙村的早晨（外一首）

胡中华

土墙村的早晨
太阳初升像个金色柚子
鸟鸣青翠
桃红李白，唯梦中的一小片土黄
可能是荒坡所剩

我站在老院子边，看新果树
乡愁在枝丫间纵横交错
总有一些远走他乡的亲人未归
我只能将空中的飞燕
认成他们

池塘边的柳树已经绿醒
一群白鹅，宛若
我歌咏过的一团团会行走的云
莲叶田田
蜻蜓携着爱情而过

云霞向我渐渐靠近
我有一种燃烧感，在想
如何生出火焰
一只公鸡红冠高耸，领着妃子似的母鸡
洋洋得意地散步

土墙村的早晨
让我如院边桃花，微微发红
我的心上突然出现了诗
句子中
露水欲滴

写诗

无风，坐得很稳
在一株古老的大枫树下
我听到，鸟声
非常牢固

篱畔的菊花不想分散我的心思
倾泻霜汁洗颜色
我在院里的石桌子上写诗
片片红叶落下
十月的清香，为我押韵

写去写来
总觉得词语太软了，也许是
过多的滥用了
春风杨柳万千条，柔情似水

于是，加些生铁
垫些石块
再为笔管注入雷霆，暗自发誓
坚决写出
至少能够砸破核桃的句子

（以上二首选自《合川文艺》2019年综合刊）

刀　客（外一首）

牧　野

走夜路的人
心里都藏着一把刀
每次跌倒，就会被刺痛

在白天不够时，我
也会在黑夜中行走
变成了黑色的一部分

每一次夜行
都会离远方越来越远
每一次归来
都会离死亡越来越近

我知道
所有带刀的人
都是有背景的

或是，被道路颠跛了脚
或是，被阳光亮瞎了眼

与所有刀客一样
走不出黑暗的人
最终，都会倒在自己的刀下

我用写一首诗的时间，打个盹

浇花喂鱼，种瓜遛鸟
这些体力活（此处可以会心一笑）
我是不会让家人干的

从一个花蕾到盛开
一条小鱼到抱卵
我喜欢，陪它们走过全部过程

我会用写一首诗的时间，打个盹
然后打开阳光，重复着乡间生活

观察一粒种子，是怎样长出瓜果
一只雏鸟是怎么破壳展翅
这也是我，开心的时刻

有时，我还想种一本书
看看写诗的人，是如何被大地养活

（以上二首选自《诗潮》2019 年第 5 期）

照　耀（外一首）

马启代

现在，多么安静。活到一定高度
你会明白，身体之外的事，都是闲事

外面的变化太大。我走过的路
已经变宽，变平，变长，长过我关心的边界
很多城市在繁殖，长高，速度超过了人和植物
所以它们在变丑，变老，不断变成瓦砾

那些照耀过万物的云朵，长出了皱纹
雷声沧桑，闪电颤颤巍巍，风声布满了老年斑
只有草木最懂生死，长过，开过，绿过，也香过
然后从容死去，活过来一切便可重新开始

我与它们同宗同族，体温和心跳基本一致
我爱它们，向它们学习生死，学习如何默默无闻
它们也爱我，教我怎样在风中站稳，特别是
面对野火，怎样保存好冰雪一样的灵魂

（选自《安徽文学》2019 年第 8 期）

做第一个在春天里奔跑的人

按节气何时立春
那不是我的事

但我要
做第一个在春天里奔跑的人

我要在寒风里跑出春风
在枯枝败叶中写上葱茏
让板结的土地感受到诗意的热情
这一些，是我应当做到的

跑着跑着身后的风就会和煦起来
那些绿色的嫩芽正赶往枝头
冬眠者的梦马上就要醒了
万物都应该自由自在、生机勃勃

做第一个在春天里奔跑的人
大家都来啊
寒冷就会瑟缩、退却
这晴朗的天和广阔的地本来属于我们

（选自《江南诗》2019 年第 4 期）

湖苇断（外一首）

苍　耳

病殁在医院裹挟着愤怒
与惶恐，如同氧在
氧气机中发出滚沸声。
黄叶天气。芦骨返家，鸡刚叫头遍
熹微痛斥黑暗的努力仍显苍白。
而她已成为天上火柿和地下芦根的一部分
湖风劲烈，递来初嫁时的一声叹息。
数只昏鸦惊起在病历中
腰盆无主。此时镰刀月已没入
彼岸菰蒲之浑茫

他

他死的那天早上江津很静。
后来墓碑残破，“独”成“犭”。
而关津和迷津已被带到云上

他摸索的那条陌路刺破黑暗
荆棘甚多。他的双脚鲜血淋漓
继而祭出长子次子

他一生的怒吼被噤声，正如
他背叛的婚姻被族人宣布无效
死后必须与原配葬在一起

他最早剪掉辫子，却挡不住新辫子
层出不穷。游荡大陆的亡灵哦
何时不遭到辫子军的围困？

与他密谋革命的独秀山
至今仍郁郁葱葱。而他被视为雷区
只能在闪电中栖身

（以上二首选自《蓝色鸟诗刊》2019 年第 4 期）

方位论（外一首）

卢圣虎

在农村
我看到越来越寂寞的原野
它的底色是广袤的天空
在城市
我看见周围全是奔跑的面具
载着捉摸不定的灵魂

白天，我要努力穿过
一个又一个空洞的戈壁
夜里，我才能安心想一想
慈祥而蓝蓝的海洋

住在京城的朋友说
满街的官都是吏
活在县城的百姓说
再小的吏也是官

我还发现情感也分地上地下
生与死只隔了一层布帘
在地上，我爱着很多人
在地下，只有你还爱着我

（选自《汉诗》2019 年第 1 季）

茵特拉根广场的鸽子

一只鼹鼠一定会爱上海鸥
如同海水爱上蔚蓝

我有很多梦想告诉大海
一根线拽在人间，忐忑如风筝

花儿已由野生变为豢养
鸟儿掠过，使我黯然

比如茵特拉根广场的鸽子
甘为游乐园的艺妓
就在身边扑腾，轻舒而浪漫
眼前的觊觎就是一种危险

晚宴，主人会献上一只乳鸽
我艳羡它年轻，永难见到它的老年

（选自《诗刊》2019 年 1 月号下半月刊）

小概率事件（外一首）

龚锦明

譬如在姐姐疯掉
和你拿起笔写作之间
是否有某种偶然，和必然
是否存在小概率
那些一生中只发生一次
或绝无仅有之事
它如何作用于你
譬如那些流言
在乡亲和父母双亲之间
在村庄和山岗之间如何凝聚成风
并在一颗树身上掏出一个洞
哦，那些小概率譬如陨石坑
譬如流星撞上流星
譬如我撞见你
譬如此际，我提笔写下，这首诗

（选自《汉诗》2019 年第 3 期）

唯一性

我有沉甸至低头的谷穗，
和不可转述的童年，它有
一张金黄却喑哑的脸。

我有大块大块积压在屋顶
山岗、和田野之上的乌云，
我有一个吞吐乌云的姐姐。
她天生具备诗才，有自话自说的
能力——终至疯癫。
我有一个习惯挥手、挥袖、挥拳的
父亲，他在很长一段时间里
不知道为什么，竟忘了挥锄。
我有一个当小学教师的母亲，
她天天正对，或背对着一面黑板。
那些不可转述的，终于使我
在某一天拿起笔，替代姐姐
写下乡村坟墓般的寂静，和秘密。

（选自《长江丛刊》2019年10月上旬刊）

矿　工（二首）

温　古

矿工的心

展示一种爱埋得多深
需用大地的厚
岩石的坚，夜的无尽的黑来衬托

还不够。需要加一亿年的尘埃
两亿年的等待
几万顿重的恨堆积

才够一次爆发的能量

如果不信，请下到矿井的深处
听矿工给你说

矿工的形象

有一种高度
只能对比，而不能换算

比如喜马拉雅山顶的积雪
炉膛里燃尽的灰，比如老矿工的白发

只有沧桑知道
只有经过漫长的熬煎，高度的燃烧知道

再加上亿万年的沉埋
站在大地的最深处
才能说出，矿工的海拔

（以上二首选自《阳光》杂志2019年第3期）

立夏的早晨（外一首）

程　煜

拥被而眠，立夏之后的天气
多像一件舒适的睡袍
花纹淡雅，绣着玫瑰色的梦

无关爱情的月季，成片成片的红
像灯盏在我的记忆里亮着
和着窗外羞涩的石榴花，一样的色彩
少女的样子，夏风还没饱满
一种绽放藏在季节里，衣袂翩跹

穿堂风载着阳台绿植的气息
鸟儿的鸣叫注满二道茶香
昨夜你在梦中的样子
舞台上，演着古装剧

我看着照片，感叹时光
将玫瑰园洗劫一空
又如数奉还

识花君拉近的自然

悬铃木长出新叶
在五月，太阳在云层里露出上弦月
一群剃着平头的青年

而紫叶李像一群茂盛的妇女
石楠忠实于自己的陪伴
从季节走向季节

识花君在手机里辨认朋友
准确率接近满分
长寿村传出音乐
一个个滚圆的汤圆在青花瓷碗里
盛满食欲和袅袅白雾

归家的路上
你与自然不停对视
低头间，曾经的速度仿佛复活

（以上二首选自《中国校园文学》2019 年第 8 期）

钢琴之舞（外一首）

许劲草

小小的树叶在飓风里炫技
飓风愈发卖力，小叶愈发调皮
飓风要毁灭，扯碎
小叶在风眼儿里打滚儿，乱飞

跃过绵延的高山与辽阔的大海
飞过葱郁的森林与金黄的沙漠
快快告别云朵与候鸟
落在开满焰火的湖泊

这里拥有一种怪异的和谐
像两位各抒己见的舞者
急速的腾空
又绵软的降落

（选自《人民文学》）2019 年第 12 期）

肖邦主题变奏曲

你的眼眸藏在
柔顺的发帘后面
正服帖地随着你的起伏摇摆
起初我们都在沉睡

你在金棕色的火星
我自银灰色的大海
我们跨越平行的世界
相聚在这座肖邦的行宫
俏皮的音符欢快地跑来
请我猜你眼眸的色彩
倒映的光里你额头低埋
那迷人的双眼未曾睁开
急促的节奏藏着急促的喘息
修长的手指在琴键游弋
长长的燕尾服蠢蠢欲动
仿佛正在飞起的风筝
若不是琴键牢牢拴着
就要冲破高高的云层

（选自《十月》2019 年第 4 期）

阿尔泰山（外一首）

堆　雪

压在心上的山
骑在马上的山
走在梦里的山
在远处，突然站起身来
用风的大手拍拍肩上积雪的山

一言不发，抽莫合烟的山
抽着抽着忘了海拔的山
谁在找，丢在风里的玉簪
牛羊转场。马群失散
谁在岁月的毡靴里磕出严寒

冬季太长，夏天太短
金子压在银子下面
石头压在大雪下面
呼吸压在落日下面
泪水压在嫁妆下面

大寒

醒来时，星星全都掉在了地上
遥远的光谱，一闪一闪
像雪，又像搁浅天际的鱼
划过极地的眼睛

它披风而来，又披风而去
带来空旷的寒冷，也带走尘埃里的灯火
它带来的纸张够我一辈子忏悔
带来的命运，让我辗转反侧

它来了，把大地变成高迈的星空
留下我，成为自己的山川河流
自此，这个尘世的春夏秋冬、人情风物
都将以王的旨意，被重新命名

（以上二首选自《西部》2019 年第 2 期）

在城里种房子（外一首）

陈修平

城里的土地　不欢迎庄稼
而喜欢生长房子，因为
房子是效益最高的经济作物

老家众多乡亲
放弃在自家田里种庄稼
也去了城里帮人种房子
从农民成为了农民工
他们深知，庄稼长得很艰难
得按季节按习性慢慢地长
而房子，可以顺着人的想法不断拔高

所不同的是
在温软的土地劳作时
他们感觉很踏实
而在高高的脚手架上
总有点惴惴不安

用步行的方式试图走近城市

前些年，汹涌而至的浪潮
将我从宁静的乡间
推进喧闹的城市
我知道，带着泥土气息的我

永远无法融进城市的喧哗
于是，我时常选择步行的方式
试着与城里的公园、湖泊无限亲近
触摸她们的每一处纹理
犹如回味故乡的树木、河流
她们不需要我呈上门票
她们不分选择地接纳
是我留在这座城市的最后理由

（以上二首选自《海燕》2019年第3期）

风来采诗（外一首）

蓝　帆

我没呼唤　风随梦来
看不见首尾　成群成片
据说　是嫦娥的女粉

风来采诗　我没诗
只有藤架下举着的灯笼成串
那些起伏的山　笑盈盈的水
代我攀谈

风归驿站
旗帜似有似无　飘在站台
河汉诗眼　浓缩成月
不动声色

诗眼

大地为油菜花排版
长方　正方　三角
插画的飞鸟　巧立头上
为金色当诗眼

白云和轻风挽臂搭肩
欣赏天空清澈的湛蓝
驾鹤西去的诗人们放飞作品

百鸟唱诵　音律婉转

金色的处女美妙舞蹈
心向远方　脚踏土地
菜花把一世的荣光用在春天
喷薄浓郁的娇艳

渔翁的船桨为涟漪击节
灯火阑珊　江岸画卷
水在抒情　船进港湾
一季浪漫醉心间

（以上二首选自《草堂》2019 年第 5 期）

三辑　网络诗萃

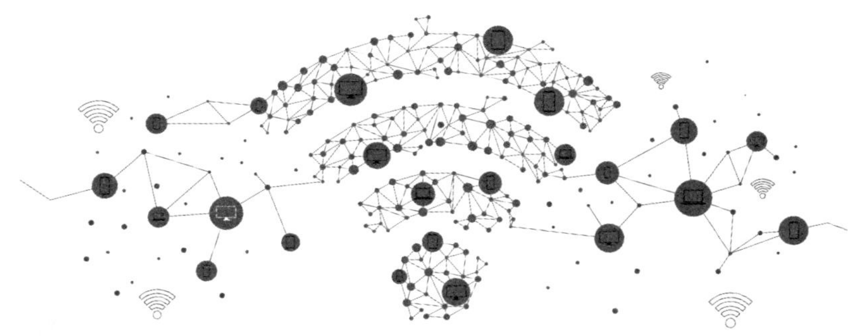

黎　明

西　川

在黎明的光线里，在被
迎头痛击以前，众鸟恢复记忆
高歌美丽的伙伴

在黎明的光线里，在被
迎头痛击以前，羊群有了机会
溜出肮脏的羊圈

有人在黎明的光线里
说话：“火就要灭了，有点儿冷
而太阳即将升起”

而太阳升起以前
晦暗的树林里刮着风，这是
梦，这是夜雨的杯盏

这是神的唯一的通道
无论他是否已经通过，他没有
别的道路走向生活

走向旷野那边暗喜的灯
残暴国王的酒窖、荒凉的大海
在太阳升起以前

是黎明漫过了篱笆
是的，是黎明使万物高大
而新的灾难在哪里?

这里有流星击毁房屋
这里有影子压碎花朵，而无涯的
寂静是命运的礼物

这里有一个男孩梦遗之后
从草垛上爬起，在黎明的光线里
在被迎头痛击以前

（选自 2019 年 10 月 21 日“华语诗典藏”公众号 ）

南风古灶（外一首）

张　烨

南风荡漾
南国的艺术圣地
整个龙窑，亲如百姓家的一只灶头
千百年来陶工、添柴工以窑养家活口
一批又一批
如同马灯从岁月面前闪过
他们是岁月最疼痛的部分
其次是陶，是瓷
成为艺术，真有那么重要？
告别土地，泥坯，献身烈火
任千度高温摆布
暴虐惊心动魄
诞生意味经历死亡
对于它们，窑变是炼狱，更是命运
从窑里走出的未来
只有两种形式
一种束之高阁，流芳百世
一种废品一样被弃被处理
大地收回它们
就像母亲紧抱心酸的儿女

南风古灶
南国的艺术圣地
南风荡漾，像轻轻柔柔的叙事

轻轻柔柔的叙事里有碎片的锋利

龙窑边的古榕

宿命感从一棵树的内部
弥散，冰镇过来
巨树如猛兽
利爪紧攫窑壁一寸寸攀爬
砖窑运行着拙重的熨斗
将一棵树的躯体烙成猪肝色
像大片岩浆黏贴在山崖

烧窑师傅说，只有历尽千年烘烤
才能活出一棵神榕
乍见时，我曾想
与其受难一生
不如自绝一瞬
我为刹那的念头愧疚

无暇回想过去
不及思虑未来
专注当下，以顽强的潜能
去无畏，去从容，去专横跋扈
以命抵押逆境
一棵树读得我热泪盈眶

（2019 年 12 月 13 日以上二首选自“中国诗瞭望”公众号）

未完成（外一首）

王　键

正午的院子，木之花
散发的香气让人微醺

斧头和刨刀正在剥去一颗树的
外衣，他们交欢的声音，
战斗的激情，撞击出
一把坐人的椅子
秘密在过程之中，在完成之前

创造和创伤是同一个词
它们来自同一个子宫

劳动吧，歌唱吧
用劳动和歌声抚摸五月的脊骨
让它长出新的
让它走出四月的哀伤

流云开始酝酿一场风暴
爱在流浪，从一朵玫瑰里
张望

火车摇滚

车站总是热烈的：观众

从五湖四海聚集
为了听这高铁火车的摇滚曲

心跳的频率、奔跑的步伐
在与滚动的车轮，比赛速度

不同方向的火车在这里汇集：
到达，也是出发
现在，也是未来
一个世界通向另一个世界
就像现代也通向了古老

而此刻，密集的音符正用加速度
敲打冰冷的钢轨
它们制造出一种九重奏的轰鸣音乐——
用速度和激情
用节奏和变奏

有人唱出《一无所有》——
在这个丰盛的年代

我看见，我童年的小火车
它正穿过时光的隧道
摇摇晃晃地朝我驶来

而在另一个国度，在火车的故乡，
在一列福尔摩斯曾经坐过
的老车厢里，人们目睹了一桩现代
谋杀案

（以上二首选自2019年12月10日中国诗歌网）

关帝庙巷（外一首）

子　川

关帝庙巷没有关帝，也没有庙
小巷弯弯，麻石板路，有人进进出出
上班，赴约，生活中油盐酱醋。
有时下脚很重，为捕捉一个飞车而过的身影

冬天记得关帝庙巷
夏天也记得关帝庙巷
春天不长记性。
关帝庙巷，记得我整个春天

秋天回关帝庙巷。
少小离家，乡音无改
孤独小楼前，想起曾经的邻居
想起室内那口暗井，一个小秘密

外面的世界总是任性。
有谁知道关帝庙巷 48 号小楼，一间斗室
一口暗井，沁凉的井水，充盈如初
从汉唐到如今

东城河

我们散步的小路还在
疏疏的林子还在，昨天的河水流走。

时间挽着我空出的臂弯
舍不得走快

河对岸，空降了一片桃林
开汉语的桃花。褪色的风衣飘过田野
曳动五月的记忆
星月当空，小草青青

我们经过的地方
陈庵来了，孔尚任也来了。
刘禹锡诗曰：尽是刘郎去后栽

孔尚任先生来
甚好！且对饮数杯，添上新墨
写转世桃花

（以上二首选自 2019 年 9 月 8 日“微海陵”公众号）

今夜，可赏彩云追月

宗德宏

微风有点凉了
凉的恰好，登高无界
一壶茶，一杯酒
饮不尽人间远隔万水千山的相恋
想念，如此纯洁
像水一样柔软，清澈
今夜，可赏彩云追月
清辉欲现，我爱
因朦胧而绚烂的天街

洗去铅华，一尘不染
千里万里，江山一阕
秋蝉，声声慢
一句，一寄景
未曾问候泪已泻
情到深处，何以沉醉
更进琼浆玉露
的确，明月在我心上
掠过悲欢，不言残缺

总觉得，此刻你我如初见
盛开的诗意，切切

（选自中国诗歌网 2019 年 9 月 13 日中秋节）

醉访核雕村（外一首）

张予佳

醉梦徊徨
我在天上窥探窗棂
一根断弦牵引星光
隐现放弃攀登的玉阶

唯有在此地
每一颗果核都找到了回家之路
前世今生　循环于刻刀之下
季节　慢慢收拢
用微渺的力量　纵身一跃
因此有了它们的名字
例如：核舟

变小的苍穹
刀刀尽断落寞
因惊奇而赴约　为喟叹而离别
而我便在核舟之中醉卧吧
躲进芥子　怀抱须弥
等待被氤氲的幽寂唤醒

（选自 2019 年 12 月 30 日“爱心诗社”微信公众号）

香雪过客

珠帘轻佻　蔓延香雪之韵
片刻流逝的诗意
一叶体温的船慢慢靠岸
此刻　旗语沉默
耳畔　莺鸣细琐
此刻　必须喘息着问：
“这里有多少美？”
——就会多少次爱上柔韧的坚强

午夜是孤山
掌心冰裂纹理　如起伏的海岸线
对于极致的美　抚弄是最高的尊重
宽恕瞬间时空的狂野

夜色玲珑　碾压花瓣　蜜的淋漓
语法黑暗　磷火缠绕花蕊
安详被裁剪缝合
荡漾优雅的威严
邂逅　多年之前的岁月现场

（选自2019年12月30日“一代宗诗”微信公众号）

新　娘

——致柯克西卡《风中新娘》

孙　萌

一枚贴在船上的符箓
逃避命定的旱灾水患

石头做的男人，水做的女人
躺在会呼吸会舞蹈的木乃伊里
骨头咯咯作响。没有什么玉石和珠宝
胜过手腕上的青筋，血管
这是睡在火山口吗？这么热
这是睡在冻土层吗？这么冷

维苏威火山见证了冥河里的石化种族
牡蛎用一千年的时间忘记海水的温度
灌满水银的身体像一条僵死的鱼
在海藻深处扭曲，变形
做梦的骷髅臆想着蓝色女人的模样
在长满橘子、柠檬、橄榄和桑椹的国度
迎娶自己任性的美丽的新娘
迎娶自己的母亲、姐姐、女儿

拿波里的夜色被水煮过
遮蔽月亮的乌云背后
白色的海芋沉默如大理石
风暴的中心，漩涡像闪着绿光的猫眼

在波斯毛毯上投下不祥的图案
坚硬的风景如黑夜里的祭坛

点燃蜡烛，唤醒闪电
缝制布娃娃情人，翻做死亡面膜
在她咳血的时候与她亲吻
在她的葬礼上再迎娶一次
穿着黑色的婚纱
以风的步伐，在天庭信步
连同那个被打掉的孩子
一枚烧焦的果实

一声尖叫划破宇宙的屋顶
失血的落日掉入深海
红色的凝块在海面漂浮

一枚贴在船上的符箓
使爱者止于风中
风吹透皮肤，露出骸骨

（选自 2019 年 2 月 16 日“在水面上行走”微信公众号）

在这个春天

丁华秋

在这个春天，在这个山里，
常常有一些事情，
一些浪漫的事情发生。

这片土地上，曾经有一群人，
怀着改变世界的梦想，
走了，就再也没回来。
他们用家底、青春和生命，
改换了全村的门庭。
如今，
英魂就在辛亥第一村前，
看人们匆匆往返，
来祭奠燃烧的铁血旗。

这山路上，曾经有一个人，
奔忙于风雨飘摇的日月，
身影疲惫腰板笔直，
给家人带回无价的礼品
——有悬崖边的树、老水手的歌，
还有装满思想火花的门。

这山谷里，总是有这样一些人，
被春天的故事吸引，
来花乡茶谷听诗。

本意是寻访南极红的艳丽，
追随云水湖岸的柳丝，
品绿色茶苑中的绵缠，
不料，
却点燃了红岗山上的激情。

在这个春天，在这个山里，
在每一个春天，
在每一年的四季，
总有一些浪漫的事情，
不断地发生。

（选自 2019 年 3 月 31 日黄陂区文联微信公众号）

滴水岩（外一首）

王小林

我要去听一滴水的声音
去看它自高处坠落的壮丽
一滴水的路
必定人迹罕至
先是选择一处深山
它的路比虬枝更蜿蜒
拒绝喧嚣改变它信仰的图谋
它的疼痛交由大海代言
一滴水，它总是在平静中
独自远行

我们的天涯

如果北海是天涯
必然是我陪你去
因为北海太近
你不能做这样的选择
因为北海太远
你不能做这样的选择
我只认北海
认那个你命定的归宿
那是你和我共同的天涯
已经不在乎远和近了

（以上二首选自2019年7月30日“江西诗歌”公众号）

闻 松

王明远

鸟鸣高低起伏
蝉的合声飘来飘去

一场大雨
音乐会戛然而止
更大的精彩在雨后登场

鸟在林下虔诚地伫立
蝉集体屏住了呼吸

脚步，不由自主地停下
昨夜正被什么缓缓地排空
身体开始变得越来越轻越来越柔软

一场大雨过后
大自然换气换血
一片静静打坐的松林
燃起了心香

（选自“广东诗人”微信公众平台2019年11月25日）

旁观者（外一首）

孤 城

时光从牙缝里
剔出骨架

我一朵一朵饮过凋敝的春天
如你所见
那走失在灰烬里的，被灰烬永恒吞噬

我且活着。只是活着
如你所见
一日日，长风无从拆走我内心的庙宇

这逝若汹涌的过往
我需要泪眼模糊，才能将你看清

杜鹃初开时

无疑，我的抵达和这三两枝杜鹃花的花期是一致的
便似一个人的心痛，暗合卑微的呼吸

将这绵延起伏的群山，统统染红一遍
需要多少亩杜鹃。将这尘世的苦一一尝过，需要多少年

我会离开。花自谢。
不能阻止挚爱的，在我看不见的地方，慢慢老去

（以上二首选自2019年9月3日“一见之地”微信公众号）

贺兰山的雪（外一首）

陈海强

这个迎风而立的黄昏
贺兰山就像我一样
再次走向秋天的尽头
风吹拂着戈壁滩
我的心伴随沉沉山影
不断陷入安静的核心
贺兰山提前接受了
一场雪花的馈赠
羊毛一样柔软的雪花
像圣洁的披肩
搭在贺兰山的身上
站在空旷的野外
我看到贺兰山的雪
恍如一缕奇异的光芒
正与往事纠缠不清
或者说贺兰山的雪
像一页乐谱上的标识
在深秋的戈壁滩上
指引着我的心灵走向辽阔
指引着所有穿军装的兄弟
面对无边无际的荒凉
把爱恨在军歌中唱响

格尔木

昆仑山伸出双臂
他的怀抱
始终为河流敞开
柔情的水声啊
仿佛不知疲倦的
诉说

群山一直戴着
积雪的帽子
即便太阳近在咫尺
也不肯摘下
鸟群从天空飞过
像树叶在秋天
随风而逝

最初的筑路者
赶着骆驼走进历史
他们的铁锹和镐头
留在荒野上
生根，发芽
抽枝，吐叶

以军人的身份
以诗人的情感
我确信——
被后来者看见的
格尔木的美丽
与绿军装
有着深刻的联系

（以上二首选自 2019 年 12 月 28 日《军旅诗界》公众号）

竹笛课（外一首）

川　上

一支笛子
挂在墙上
他偶尔取下来
吹一支曲子
她偶尔取下来
吹另一支
大多数时候笛子
只是挂在墙上
挂在墙上的笛子
并不是沉默的
墙上的笛子
风在吹
不同的白天
不同的夜晚
风在墙上
吹不同的曲子
今天一大早
阳光就照到
屋内的墙上
他和她
都坐在房间里

阅读课

在一张纸上走了一整夜
在第一行显影
在之后的段落忽暗忽明

开头是祈使句
之后是陈述句
偶尔停顿漫不经心

第十六行有一个疑问
第十七行假装没听见
倒数第三行鼓足了劲
但只是张大了嘴

最后一行越来越近
脚步开始迟缓
最后一个字指向这张纸的背面
要找的那个词
看起来像动词实际上是名词

在一张纸上走了一整夜
但仍未走到它的背面
背面讲述的是另外一些事
可此刻它们还在黑暗中

（以上二首选自 2019 年 5 月 9 日“川上读诗”微信公众号）

乡村忆旧

张永生

屋后那架破旧的老水车
吱扭吱扭纺着沉重的歌
岁月的流泉在歌声中滑落
我在压力中不断地求索

门前的小路是无字的传说
它记录了我求学的坎坷
如豆的油灯是我熬红的眼睛
古槐下石墩是我天然的课桌
汗水泡涨了多少不眠的月夜
理想的果实才饱满丰硕

那条累弯腰的家规
时时叮嘱我冲杀　拼搏
那首唱旧了的民谣
淳朴明亮，像村边的小河

（选自2019年9月14日“爱心诗社”微信公众号）

幸存者

袁志坚

世界多余出来
送别的目光冷峻如刀
差一点我相信了死亡
仇恨拉起的铁丝网
阻隔了泪水

我抚摸着初愈的伤口
那里埋葬着来不及呼救的同伴
我代替他们等待黎明
我代替他们默守长夜
我代替他们去爱
因为他们爱得远远不够

（选自 2019 年 11 月 9 日《时代作家》公众号）

回 家

刘克祥

路，从不怀疑脚步
夜再黑，总有回家的人
总有微弱的光亮
在远方辉映

我们一路行走
在春天筑巢
在不可预知的
途中，相遇月色

大地的画卷上
我们的色彩朴素而不显眼
但我们的心里装满了故事

回家的路上
草木婆娑　花团锦簇

（选自 2019 年 12 月 30 日“爱心诗社”微信公众号）

达摩面壁

黄　斌

达摩面对的墙壁
是一种极致的简洁
是坚硬的肯定
也是坚硬的否定
他以身体与之对峙
并日益契合

多年以后　他的身影
被阳光刻在嵩山的这一块石壁上
有点淡　但世间只有这一方
禅宗的肖形印

（选自元知网 2019 年 11 月 2 日）

浣花溪

绿袖子

正好也下雪，那年
正好浣花溪的茅屋已无主
花径。柴门。先生的
案头，墨盒，宣纸
离古城已生疏了一大截

由来已久的乱世
谁在落发为尼？谁又为
茅屋念经，礼佛，面壁，思过
我为修禅念经一事
整整议了一千多年
偶尔回过身去
那桃花，芦苇，白鹭依旧轮回

如今浣花溪仍有旧好
如今念佛之人早已入土为泥

我还站在溪水边，手捧一白菊
依稀能见雪地上的千诗碑
和暗处的前朝

（选自 2019 年 1 月 8 日《星星诗刊》公众号）

一只小鸟在窗台上叫我（外一首）

袁雪蕾

一只小鸟在窗台上，叫醒了我
晨风里小小的钟摆，像极了一个人

他已经把身体和双腿变小变细
把双手变成了一对翅膀
他吃掉了满天星辉
在胸膛安装上一个共鸣腔

我说我留着一泓时光的泉水
等你来啄饮
他说他亲吻的每一片叶子
脉络里都装着我走过的路
以及我一生的青绿和焦黄

他转眼振翅飞到了清风里
大朵大朵的阳光，打开了我的笼子

斗酒书

时间是苍穹的酒水
每个人都是容器
前世的书生寒窗苦读
现在却喜欢在酒肆，用一卷汉简押韵

尘世是一坛大酒
缱绻的一滴与杀伐的一滴，皆出自热血
我不怕喝断流年
只求能够抖擞单薄的胸膛二两雄心

如果有一天我开始戒酒
必定是觉察了
命运之手在阴阳两极推杯换盏的玄机
于是尘封我口
将悲欢离合，窖藏在两只酒靥里
火一样安静

（以上二首选自2019年9月1日微信公众号“新城市诗”）

雪花辞（外一首）

陈树照

你总是悄然而至
冰莹玉透，与圣洁同谋
起步是天女散花
加速是北风呐喊，河流失语

你是偿还秋风的债主
这空旷旷的大地
要用多少灵魂和尸骨才能填满
你如约兑现，从不失言

你从天而降，不分昼夜
从黑暗到光明，从人间到墓地
从寒冷到温暖
一夜白花，万物醒来

我是你忠诚的追随者吗
从少年到老年，从关里到关外
似乎就是为了等你
从旧年等到新年
烈酒喝干，乡愁等白

大雪如约而至

每一次，你都是如约而至

先是细小的羽翼，轻盈的脚步
在空中，漫不经心地飘舞
随后纷纷扬扬，似千军万马
一夜醒来，落满屋顶
在广场树林，在山野旷外
圣洁的白花
美得让人落泪
盛大的葬礼
让河流集体失语
让乌鸦变得更黑
一壶老酒，一杯绿茶
一场大雪就席卷了人间
似乎专乘为我而来
几十年从未改变

（以上二首选自“诗生活”网 2019 年 12 月 9 日）

离你越远时越近

杨云霞

我离你越远时越近

衣裙上，一种
舍不去的蓝
曾经的沧海仍是水
它平躺
让我直立
静静地怀念
一大堆芍药花

不想惊动手指
一小堆鸟啼
并非落入灰烬

啊，离你越远时
你越近

风吹亮下午
夕阳可以认作黄金

（选自 2019 年 5 月 9 日“秦风陇韵”微信公众号）

幽，和时光铺子

郭金牛

幽
我。梦到一条蛇。
它穿着彩色的绸缎。她的美，冷。艳。
两粒绿色的宝石
看我时
吓跑了我全身的力气
是的。
幽。你不该看
或爱我的苦
把胆汁从肝部交出来
把黄莲从泥土里交出来
把离别从布吉镇交出来
三者的混合物
竟然是甜蜜的地铁和迷人的布匹
幽。脱下白云
一条蛇从草丛中穿过
交出了
她全部的曲线
猫头鹰的脸都红了
人世间所有的罪，都可以在动物身上
找到。

（选自 2019 年 12 月 6 日“鼓浪读诗”微信公众号）

一场雨

凡　羊

一场雨来得正是时候
新栽的秧苗
集体打了一顿牙祭
它们吆喝着上路
没有一点儿等的意思

一场雨来得正是时候
小草勾肩搭背，醉得不省人事
麻雀蹲在檐下
把雨水咀嚼成细碎的思想

六月，乡村，一场雨
简单的搭配，是生活的色彩

（选自 2019 年 7 月 25 日“爱心诗社”微信公众号）

糖（外一首）

王　晖

我只能将这一段
颇为辛苦的万里行程
称之为糖的奖赏

这仅有的一颗
我要享用整整一年
让我离开它已相当困难

有的时候
我在茫茫人海中剥开糖纸
悄悄地舔上一下

有的时候
我感到苦涩难耐
会就着唇边咸味的泪偷尝一口

有的时候
我会拿出那一小块虚拟的光
照一照深夜的失眠

看着它越来越小
却甜味不减
我的心陷于一种甜蜜的温柔无法自拔
失去时空错乱中那复仇的力量和快感

只剩报答

丢手绢

追了十里
百里
追了上千里了
我舍不得松开的手绢
已不再洁白

所有的人
都认定这是一场游戏
如果它是一场游戏
世间哪有
这么心酸的游戏
用一条天河挡住
我渺小的今生

如果不是上苍的作弄
我怎会无望地成为
江边眺望的小石兽
凝固在最后一站的荒凉里

你一定知道游戏的规则
千万不要回头
可是为什么
你要那么傻
忍不住回头看了我一眼

（选自《十月》公众号 2019 七夕特刊）

染 黑

朱建业

妻强行把我斑白的双鬓
染得比黑还黑
好像我的头发从来没白过
好像我这么多年都白忙活了
好像我多年来清白的生命
一直就黑漆漆的
好像这年头黑真的能裹住白
好像抹黑一个人真的轻而易举
看着自己被染的一头黑发
我终于相信：乌鸦本来是白色的
只是天下把它们染成了
一般黑

（选自 2019 年 6 月 10 日“新导向诗歌评论” 微信公众号）

四辑 诗林撷英

恳请你，留下我

海　男

恳请你，留下我
像是一把旧壶，仍能在大炉上沸腾
微妙之语，越过灌木丛
我们又造访过了秋天
此际，已进入冬季
恳请你，保留我的痕迹
翠绿墨水般的栏杆困住了我
还好，风声鹤唳，使我缄默
天很蓝，此为书笺
地很厚，方为腹肌
恳请你，照此原貌，为自己礼赞
风，突然间来临又过去
我曾经是它们中间的绳索和缝隙

（选自《安徽文学》2019年第3期）

巨大的织物

马永波

黄昏时我靠着窗口读一本
厚厚的书，书很重，压得手腕发酸
我读它已经有些日子了
它会告诉我，我该说的，该做的
窗口是一个界限，一个精神的悬崖
高过楼顶的梧桐几乎遮住了道路
同时过滤掉一些声音
黄昏中的人声仿佛是一个故事的片断
隐隐约约，它们揭示出一个巨大织物
背面杂乱的针脚，但它们构成的
将是一个绚烂而有序的画面
我的那枚小小的针则来自这本书
我用看不见的手努力引导着思想的线条
对于这幅巨大织物的完成
我的设计似乎必不可少
但我看不清自己正在为哪条线索着色
它以不属于我的意志消失在迷乱之中
窗口的光线暗淡下去，像花瓶中
枯萎的花束，一只更为巨大的手犹豫着
伸向我那超越了对与错的轮廓

（选自《草堂》2019 年第 12 期）

外婆的街角

滕朝阳

外婆，请原谅
未经你同意
就把你写成了前缀
我不能说
那根高大的电线杆
是你高大的后背
我只知道，从蹒跚学步起
你蹒跚的身影
是我唯一的依据
我什么都不会
只比桌子高一尺
你支起一个摊，炉火冒起热气
我对馄饨工艺并不熟悉
你的眼睛又分不清
盐和味精的距离
外婆，没有你也就没有街角
我若干次经过童年的驻地
目光总要痉挛地逃离
就像当年你用衣角
偷偷拭去眼角的颗粒
其实，我早已洞悉街角的一切
只是今天才突然发现
一片思念的瓦砾

（选自《品读》2019年第4期）

歌　唱

蓝　珊

或以风为马
或以太阳为铜
大鹰煽动翅膀
大水发声
我坐在记忆的城门口
寻找我的人生

一支弦乐被刘兰芝的孔雀
带进了云南
阿诗玛被雕成了
石像
一支弦乐被孔夫子
扔进了水中
生被死
问得脸红

我击鼓跳舞
迎接新生王
祂以葡萄树自居
天使为祂歌唱

我最小的弟兄
你在哪里躲藏
接待你
如同接待
君王

（选自蓝珊诗集《这是一片神奇的土地》，文汇出版社2019年7月）

璧水桥遇雨

徐小华

跨上璧水桥，刚刚还晴朗的天空
下起了大雨
圣时门已过，弘道门没到
恰似我平淡的人生，已过知天命之年
仍时务不识，没能跨入
开悟弘道的门槛
两株苍老柏树撑开的树冠，显然
遮挡不了我风雨淋漓的人生

不前不后，在象征教化不息的璧水桥
遇到阵雨。莫非这雨
是天堂的净水
为礼拜圣贤涤洗尘埃
是隐身时光的教诲，或是教化的针砭
医治我灵魂的疙瘩
我思忖着这场雨象征意义的时候
一群燕子，已经扯动
雨后天空的布匹
它们的吵闹，仿佛剪裁出
好几个春秋

（选自《诗歌月刊》2019年第12期）

面对野花，我喊出她们的名字

牛　敏

题记：两轮“拆点并校”，乡村学校进了城，当我走近曾经工作的校址，迎接我的是一个朴素的黄昏。

废址上传播种子的蒲公英
多像当年的初衷
远离故土，甚至
听得见雷动的欢呼
这些孩子
注定四海为家
九曲回肠的溪流清澈依旧

此刻，我真想坐下来
坐下来，身边的野花围过来
她们多像那些孩子
围在身旁咯咯地，绽放

等月色笼罩溪畔，我会喊
一个个喊出她们的名字
每个名字都有独特的芳香

（选自 2019 年 11 月 22 日《内蒙古日报》“北国风光”副刊）

落雁岛

王浩洪

鹊桥有古渡，有九曲廊桥相邻
九曲隐于林中，看上去更像盘旋的爱情
站在栈桥上，能望见岛上的杉树
冬天时那里会落满鸬鹚，或者大雁
那里距磨山和古渡都有水的离程
如果以杉林作为支撑架一座桥来取消古渡
如果像中堡岛那样修一条堤坝
雁和鸬鹚得另寻驿站，或者
栖息于天庭。世上的许多事情不必冒昧
世上的许多事情应该不做
比如隐藏了贪婪的功绩，比如为鸡毛树碑的语文
比如让九千万喜鹊献出脊背，比如
让天上的公主嫁地上的郎君
站在栈桥上，水在桥下，桥在脚底
天地热闹时，落雁岛似一叶孤舟
寂寞如我，如天上的白光
它举起的手臂没有wifi
它举起的手臂，只有冬天才落满翅膀

（选自《长江丛刊》2019年第4期）

失眠者，一次森林漫游

邱振刚

失眠者走进森林沉默的呼吸
在巨手的荆棘里漫游
他拖挂着疲惫不堪的影子
站在树下思索地球的旋转

一百米外
正啜饮溪水的小兽倏地抬头
在空气里和他相互警惕倾听
溪水于是漫过卵石
星光于是覆盖森林

他在苔藓的地面上踩出水洼
只一瞬间　这透明的国度
挤满不知名的生物
他竟然无知于自己的伟大
他竟然继续前行
一如所有的造物

他穿过一阵朦胧的声响
一阵暧昧的气息
期待看到　树妖修长对称的羽翼
矮人国的士兵　从树洞里列队而出
他还试探着走进一处树枝的拱门
那里并不通往铺满玩具的沙滩

却能给他一秒钟的童年

他仰望猎户座在树顶掠过
相信自己和这天体建立了某种联系
在明亮的四边形里
他看到了古代祭司的青铜面具
古战场上喷火的战车
听到了造物的第一声口哨

溪流旁有片树林让他舒适
他猜想这里的树木
一定在以某种温柔的秩序排列
他想起了书柜里的古代陶片
刻在上面的绳纹美丽无比
那都是祖先智慧的耳语

漫游时他总会打量自己的影子
他宁愿失去名字也不愿失去影子
影子比他知道得更多
世界对影子更加温和
影子或许能帮助他和世界和解
他渴望成为自己的影子

即将抵达折返地
他想起少年时的一次出走
城市原封不动　又陌生离奇
行人眼神嘲笑
轻松洞穿他难堪的秘密
他兀自昂头　钻向无人的老巷
直到饥饿摧毁他的勇气

远方那团漆黑的树丛
包裹着依稀的黎明
他席地而坐
背靠的大树酷似竖琴
再以手指反弹地面
吐露灵魂的战栗和游荡
于是他渗透过所有的树冠
不但拥有了森林
还驾驭着星球　抵达宇宙

这一夜 他是银河里的一束星光
这一夜 他是森林被风吹动时的一声轻响
是所有人梦境里路灯摇曳的倒影
是造物在宇宙中奔波时
掠过地球的一角衣襟

（选自《延河》2019 年第 1 期）

大猩猩

李　成

那么多人来动物园看大猩猩
这个一身棕毛的家伙却无动于衷
我们多想看看它黧黑的脸
敞露低低的鼻孔
但他却侧转着身坐在圈栏深处
垂着头 不理会任何响动

它厚实浑圆的肩背多么像人
它的手也有五指 现在
一只手臂耷拉
另一只无力地搭在铁栏上
那里有一扇门——紧锁
它已放弃扭锁掀门的冲动

它多么像罗丹雕塑“地狱门前”
那个人 抱头沉思——
侥幸的人类从它身边走过
面带奚落轻蔑的笑容
只有一个人听到猩猩的心声
而暗自惊悚：

在进化的路途中
我们与人
是在哪一步上失之交臂
以致子子孙孙都要悔恨！

（选自《作家天地》2019 年第 8 期）

忐忑

张国领

一切还没有出发
一切还只是一个想法
那个相见的日子
还只是一个美好的预期
像满山遍野盛开鲜花
什么时候踏上路程
我在等待春天的朝霞
等第一颗透明的露珠
在春的枝头高挂
将太阳的所有光明
都画成最美的图画

一切还没有出发
一切还只是一个想法
可这想法一旦在心中酝酿
正常的双脚就乱了步伐
夜晚突然变得漫长
长得像一团丝线缠绕着
一首儿歌或一篇童话
公主的美丽千年不改
多情的王子心乱如麻
将灵活的手指束缚得
有了几分僵硬
按下一个手机按键

像打开一座三峡大坝

一切还没有出发
一切还只是一个想法
从那个大胆的念头
像流星划过心海
耳畔便传来不息的浪花
也时有波涛掀起的雷鸣
由天边或眼前滚过
海燕的翅膀瞬间伟大
我在升起白帆的小舟之上
任风起云涌
被想像的巨浪推上抛下

一切还没有出发
一切还只是一个想法
但感觉心中已经开始
有一只小猫在心尖尖上
抓……抓……抓……

（选自《上海诗人》2019 年第 4 期）

那个人，一步一步走远

武　稚

一切都成了过去。

偶尔的嫣红，偶尔的树叶，
似乎想引起人们的注视，
但是我们不得不说，青春已远。

雪豹潜伏在远方的岩石，
匆匆的飞鸟缩回树林，
落日有一种巨大的静。

多希望记忆中的红头巾，
裹着的仍是年轻圆润的脸，
多希望镇定与从容
能带她走向花木葳蕤的童年。

她被寒风一步一步推着走，
不久，她的头上就会覆上
棉籽一样的白。

曾经千方百计的好，
曾经千方百计的忘却，
曾经一寸一寸深入的，千般万般，
都随着她渐渐走远。

一个人的一生，就这样渐渐走远。

（选自《诗歌月刊》2019 年第 9 期）

管理自己

丁 白

做了二十多年管理
我还是没有学会
管理自己

我擅长把事情分成两段或者三段
擅长把主要和次要分开
擅长找人，招人
通过管人达到理事的目的
一旦，我将眼睛对准自己
事情就变得无所适从

往往次要的小事
导致重要的事情瞬间反转
价值连城瞬间变得
一文不值

管理自己
与管理别人
始终是不一样的话题

也许，我是别人的管理对象
我这样想着
也许。被别人管理着
才是真的自己

（选自《诗刊》2019年2月号）

梅花落

孙启放

小妹将竹箫换成玉笛
干冷的风中
我看到她的面颊鲜红

我有小妹水晶般的手指
我有小妹水晶般的眼神

我看到雪花被风裹挟至墙角取暖
梅的骨朵
透出些羞涩的光来

寒香。小妹的玉笛在大雪外飞声
事实上
小妹的玉笛是在时间的未来处飞声

我依然保持在爱的困境中
我正在越来越大的雪中第二次老去

那些小小的半透明骨骸
落下；那些
慌乱中不知去向的小小魂灵

（选自《安徽文学》2019 年第 7 期）

火星情报局

徐柏坚

黑夜形同虚设
星空虚无，宇宙很美
火星情报局亮着灯火
火星的警察们很繁忙
他们要抓黑夜中航行
地球飞来的偷渡客
往来的路都很苍茫
夜凉如水，天空缥缈
北斗星也是认不出
身后群山沉默
万物稍纵即逝
俗世生活里
流水看不见我
还在人海里沉浮。

（选自《天津诗人》2019年冬之卷）

小河印象

陈　贞

弯弯的小河
草儿青青
牧羊的老汉卷着一条裤管

弯弯的小河
草儿青青
戏水的少年踮着两只脚尖

弯弯的小河
草儿青青
风中捻草的人穿着一双湿鞋

在一座城市的中心
我常常把门前的那条小道
看作是一条弯弯的小河

（选自《长垣作家》2019年总第2期）

母亲背走了疼痛

王万里

村外的山还在沉睡之中
村里的雾还没有升起
远处传来断断续续的狗叫鸡鸣
山村的一切都那么单纯静谧
风的眼神散发着清凉
空气里游走着淡淡的花香

随着几只鸟儿轻拍的翅膀
雾霭中走来一个模糊的身影
哦，一位步履艰难的老人
衣服上的花生锈了
背上的钱袋把骨头勒得很紧
走走停停，嘴里发出的喘息声
使这清晨的雾低矮而沉重

她的眼睛与我无缘
只探寻脚下的坑坑洼洼
她的脸上堆满沧桑的花
花瓣的纹理很不均匀，比铅浓重
望着她的背影，凝视远方的母亲
草叶上留着蹒跚的脚印

我调转身子，想快步追上老人
可她已长出翅膀，飞出我的眼睛

随后又飞向天空
哦，这么多年，我的小山村如此平安
是因为母亲背走了疼痛

（选自《中国艺术报》2019 年 5 月 10 日）

南澳海鲜

远　洋

窗口吞吃着一叶叶白帆。
坐在窗旁，餐桌连接着大海。
牡蛎，扇贝，濑尿虾，龙虾，石斑鱼
和八爪鱼，几乎活蹦乱跳地被端上桌来。

用舌尖品尝原汁原味的新鲜，
它们随身携带的点滴海水，
加上一丝腥咸的风，
就是天然的盐和调味品。

看这家名叫“兄弟”的餐厅，
不见兄弟，只有几位或老或幼的女人，
跑上跑下，十分殷勤。

她们说，眼前这片海，也是当年逃港的一条路。
我不知道如何能泅渡滚滚波涛，
穿越漩涡和鲨鱼——这暗藏凶险、处处
是地狱深渊的辽阔无垠。

偶尔，从窗口掠过的灰海鸥， 泼妇般尖叫着，
叱骂着，似乎抗议从它饥饿的口中夺食；
而黑色闪电似的海燕，像是倏忽间
从海底冲出的幽灵，钓起深深埋葬的记忆，

在海天一色的蔚蓝中，不协调地，
呈现某种尖锐的提醒。

我们全然不顾，埋头进餐，
仿佛替那些多年前葬身鱼腹的兄弟
索偿大海的欠债，
活着从未活过的余生。

（选自 2019 年 9 月 1 日《宝安日报》“文学”版）

春天打开了翅膀

周彦虎

鸟打开了僵硬的翅膀
树打开了绿色的翅膀
花打开了红色的粉色的翅膀
湖打开了波浪的翅膀
山打开了白云的翅膀

整个春天，打开了翅膀
我打开双臂
站在山崖上
一声长喊：哟…嗬…嗬…

那些没有翅膀的
以声音作为翅膀
那些没有声音的
以风为翅膀
比如石头，也打开翅膀

（选自《海外文摘》2019 年第 10 期）

衰老者

宫白云

每天拎着小马扎准时走出他的房门
太阳走，他也走
墙根，街角，向阳的台阶，公园的长凳
他仍需要身上撒些温暖的阳光
需要和一些老伙伴说会话儿
拍拍彼此的肩膀
一起笑一笑
努力活着
太阳落下山的时候
抱着自己的憔悴
嗓子眼里哼着一首微弱的老歌
边回家走边时不时的回头
黄昏的金黄照着
他衰老的鼻尖

（选自《诗选刊》2019 年 7 期）

重庆火锅

唐　毅

己亥霜降，同朋友们围炉谈诗
谈火锅的起源，乃至重庆火锅之驰誉天下
谈及香港和台湾
亦有此美食，只是远没有这般生猛

一锅红汤呼呼作响
美酒与诗歌，绕着一张大圆桌转动
像击鼓传花。醉了的和未醉的人都很清醒
说是不吃火锅不算到过重庆

（选自《川江都市报》2019 年 11 月 9 日）

都江堰

丁少国

1

一个古人，不持剑，不握笔，不掌印
会否被你记住?

李冰，拿的是长锸

长锸在玉垒山畔比划了八年
他的沙场、他的竹筒上就有了鱼嘴、飞沙堰、宝瓶口
老百姓就有了天府之国

两千年前的这把长锸其貌不扬，有了它
我索性忘了李冰和许多人的剑、笔、印

2

是时候了，请李冰用长锸再比划一下
在我的身体里筑起一座都江堰

关于工程进度，我有些心急
不知道八年时间够不够

江水，允许朝着物欲方向奔跑
但要分流，一定要给我刚刚好的生命流量
流向功利之外，还要确保滤掉人性的沙

我有心田万顷，请来李冰治水
后半生，可否免受旱涝之困、清浊之虑?

（选自《上海诗人》2019 年第 4 期）

留守村寨的孩子

米　嘎

踮起脚尖
爸爸、妈妈的身影被大巴带走
极目的地方是数不清楚的梯田

围着鸭群
围着牛群
每天，到村口
到万年青数下，张望
爸爸呀，妈妈呀
妈妈呀，爸爸呀
你听到心跳的声音

村口是一条路
站在哪儿
或许会遇见回家的人

（选自《中国汉诗》2019 年第 4 期）

奥斯维辛集中营

蔡启发

奥斯维辛集中的草已经燋黄
整个营地比世界上任何荒冢来得冤枉
在隆冬风中特别显得凌乱
而它的性质则是反法西斯纪念馆教堂

运尸铁轨依旧如尸体卧躺
只是在阳光雨露的侵袭下开始剥蚀锋芒
眼前焚尸炉的绣迹不堪入目
观察暗处仿佛
唯唯诺诺的犹太幽魂冠冕堂皇

低沉的波兰克拉科夫郊外下午时分
人满为患的奥斯维辛
当地警察叔叔都也是装模作样
在毛毛细雨的陪护里没有鬼火追人

唯有积水的脚印
不管什么人种
说着人话，玩着鸟语
男女老少均在规定时间来回地走动

（选自《天津文学》2019 年第 4 期）

叶子也有飞翔的梦

卢子璋

秋木萧索　落了一片紫红的叶子
呻吟，在霜冻的另一片叶子上
枝桠却直指天空
陌生的鸟儿蹲在远方
又像在夏日里一般飞翔

叶子仍有飞翔的梦
着绿的纱　乘温润的风
迎着太阳灿烂的脸　飞得
和鸟儿翅膀一样的高

抗争和呻吟　有时候是同一种声音
骨子里是火与冰的区别
飞来的梦　温暖了一片霜冻的树叶
在霜冻的梦里，和远方的鸟儿
一起飞翔，心比太阳还要温暖一些

虽然在冰冷的土地上
周身却被灼热为紫红

（选自《奔流》2019年第11期）

遇见杉树

王长征

傍晚时分的杉树多么纯粹
灰色的身躯笔直挺立
白色的碎石密布如蘑菇
安静地被雾水打湿

静谧的黄昏被调到最暗
你可以闻到：远处的瀑布、流水
回声撞击树林
奏出一颗颗音符在枝叶间飘荡

洞穴粗如海碗
里面一双双黑色的眼睛
猛然闯入，乐曲戛然而止
清澈的瞳孔闪着奇异的光辉
挥着手中的木杖继续前行
不时有蛇在地面滑翔
黑色相间的花纹像水一样流动
无人觉察的密语
绽放出一朵又一朵波纹

斧头从右侧传来
绷紧身子的木头带着颤抖
摆出一副漠不关心的架势
碎裂的声音渐渐清晰

流血的肢体被捆绑上车
嘶哑微弱的喉咙无力的呼救
湿润的木屑零落一地
像控诉的书信四散开来
假如我能拯救它们
也不至于会万分愧疚
糟透的劳动在进行着
——直到听力渐渐衰弱

（选自《诗刊》2019年6月号）

沉香录

徐　敏

1

做错事，被母亲责打
夜半醒来，母亲正用热毛巾
敷我半边肿涨的脸
母亲自责：手真重！
一滴泪滴到我另半边脸上

2

学校早自习，由我带读
我读一句，全班同学
跟一句。母亲经过
站窗外听。放学时
母亲对我说：真好听！
那天我们全家没有早餐

3

端阳节，外婆徒步八里路
送来自家门前的栀子花
母亲喜不自禁，一朵一朵
浸到杯碗之中。满屋清香
母亲蹲到外婆面前，帮她揉脚
外婆的脚裹得很小

（选自《辽宁诗界》2019 年秋之卷）

今年的秋虫声比往年的暗

陈 浪

不觉得秋便深了。啃，时间
悄无声息地增减，由近及远
甚或，来不及一场目送
甚或，来不及一番感叹

不知何故，错觉使然？
今年的秋虫声比往年的暗
似乎未入到人心灵深处
任由其叫着，很淡，很浅

像是秋夜的配乐，随波婉转
像是唤无望的恋，声声肠断
能向谁询问命运的秘奥
渐至于无情，任由它无缘

秋虫声是年年似，年年演
多不愿看见，明镜里秋霜泛
当初的一颗春心如何托
分明是空山，听不到杜鹃

（选自《朔方》2019年第4期）

乡村，一枚青果在冬日长大

叶秀彬

父亲困守的土地
母亲，曾经望穿双眼
我在他们的视线里奔走
从北到南，从南到北
乡村，一枚青果在冬日长大

寒冷的日色如一枚空洞的钉子
沿着故乡田地的边缘
钉住我的脚步。站在冬日，
那些流逝的目光和呼唤
在寒风中火焰般将我灼痛

人工雕琢的痕迹并非自然生长
乡村如一本沉重的经书
只有日月，用光芒解释它的寓意
那枚酸涩的青果
在昨天的树梢沉默无语

碑文，只记录风雨的部分
炊烟却在温馨的记忆里不断升起
缓缓流动的河流如缓缓流动的血缘
土地依然缄默。我捂紧嘴巴，
如紧紧捂住一枚青果

（选自《作品》2019年7期）

姿　势

孔坤明

像雏鹰练习飞翔
我这一生都忙于
练习直立

穿过茫茫的黑夜，最早
抵达黎明；晨羲的光芒里
我平躺的身体

缓缓站起……
一个时辰的练习
身体仍然保持直立

只是，白天见的人多了
又把原本直立的身体
一寸一寸弯曲

这样反复练习
即使头顶有星光，白云，蓝天
脚下有花香，清泉，山色

也无法让这弯曲的一生
长久保持直立

（选自《诗潮》2019 年 5 月号）

我们为何不能接受星空的速朽

宁延达

有多少时间我们在路上奔波着
并看着同样奔波的它人
为它人悲哀的同时
也深深地为自己悲哀

灰尘中等待加油的运输车队
泥泞中挑着两大担椰子吃力前行的小贩
还有皮卡车后拥挤的劳工
驾驶着轿车飞奔在还贷之路的企业主
我们不如电线上的麻雀和玩耍的孩子

当我在午夜沙滩醒来
吞下杯中已发苦的啤酒
一颗坠落的流星躺在了我身边
它何时终于厌倦了命运
并熄灭心中火焰
回归夜空一样的黑隆隆

生命的意义昭然若揭
奔跑的人仍然执迷不悟
那时我忽然顿悟到黑夜的全部意义
是的我们为何不能接受星空的速朽
以及我们每个人心中的小堕落

（选自《诗潮》2019 年 5 期）

独 酌

阿 雅

在我饮下的丛林里
交错着太多秘密的风、呼唤
以及他们卷起的千堆雪
他们把呼吸翻新
把语言抬高、压低
把无处安放的动荡像瓷一样打碎

繁星中也有高一脚低一脚的眩晕
我避在一旁，独酌于沉思
触手可及的都是新爱的序，初始的美
沾满了露水的虫鸣、荆棘、藤蔓
是另一个我
击鼓而歌的我，长有翅膀的我
同销万古愁的我

皆为逝水，皆为孤寂
皆为苦辣酸甜
每一滴每一丛的对抗、润泽，都有
树涛拍岸的美
继续击鼓、飞翔，不停地发现、唱和
那不甘，举杯的姿势
以及饮下的停顿，长醉， 恰似新生
亦仿若死去

（选自《诗林》2019年第1期）

腰间的闪电

丫　丫

来。我们置换身体
构图新的孤独
你的幻觉和我的幻觉叠加在一起
我们假装相爱太久了
以致看上去就像真的恋人

现在。让我重新发明你
风轻轻吹过
我柔软的腰肢藏着的闪电
便要触击到生活
墨质的忧伤

（选自《人民文学》2019年第五期）

春天里

黄春龙

远山近了，丢失的事物陆续回来
桃花开在溪边
水鸟约会河畔谈情
没落的家族精神焕发
老厝在雨雪后
撑开更多缝隙迎接光芒

枯坐的人
看见野地的秘密被打开
颜色渐衰又盛，形态或方或圆
她们似曾相识
又彼此陌生
穿堂而过的阳光平淡无奇

（选自《作品》2019年第724期）

等时间

杨 康

有那么一小会儿，我就坐在这里
等时间。我没有可等的人
也没有等着要我去做的事情

我只是为了等时间
想起小时候
好像，我也这么等过

我坐在春天的田野边
等时间，等一个叫时间的人
把我带走

（选自《草堂》2019 年 1 期）

无　题

雪　克

原谅我不能说更多的话
我的手捂着自己的嘴巴
我的手干过很多见不得光的事
被我的眼睛看见

起床、洗漱，吃喝拉撒
一个人的日常
一条河的顺流而下
岔道在左
摆满甜苹果酸苹果
圆圆的，像好看的谎言

（选自《小诗界》，吉林省出版集团 2019 年第二季）

我将把夜晚删去得多一些

鲁　橹

春雨逗留墙角，以为雨也会有横断面
手指沾上，又凉凉的滑下
风险只一颗，就引来滂沱的双眼
悄悄闭上的瞬间，背部的风穿过
再次吹落又一颗星辰

道别的人不走，门窗斜射的灯光
湿漉漉的，一会儿明朗
一会儿暗昧
下场就是：陷入笼统的黑暗中
雨季因为模糊而分外漫长

我将把夜晚删去得多一些
黎明到来，雨水会慢慢停下
清晰的面容，照见更有说服力的中年

（选自《清明》2019 年第 2 期）

带着与草木商讨的口吻喝酒

林忠成

由于米酒为山川草木精华
父亲认为　不可贪婪
酗酒乃暴殄天物
喝酒要小口小口　仿佛带着商量的口吻
与草木商讨一个伤害性的话题

父亲非常反对死吃烂喝
因它伤害谷物的感情
高浓度酒精不仅灼伤肠胃
也灼伤田野的肌肤

选自《扬子江诗刊》2019 年第 1 期

苦难一再拷问我的灵魂

包容冰

苦难一再拷问我的灵魂
过去的时光里，落魄的记忆
一根松木压在我的脊梁上
绳索勒进肩胛骨，清辉的月光暗自啜泣
松涛喊着严寒肆虐的风霜
掴在我皴裂的脸上

——大山深处，夜神鸣叫
我气喘吁吁，背着腊月难咽的悲辛
肝肠撕扯。十九岁的怀想
诉与谁听？狼群出动
眼放绿光，照亮我的汗水结成冰凌

那一年，我和大山结缘
贫穷像牛鞭抽打我的颈骨
砍倒的一棵棵松木，是谁的罪罚
至今，我一再拷问滴血的灵魂
十年寒窗付之东流
到哪里打捞命运触礁的沉船

三十五年弹指一挥间
罪与罚，血和泪，苦与甜，悲和喜
交织成难眠的梦寐，结晶出

如梦如幻的流年霞彩
年轮深陷，苍茫的往事隐伏
我轻易不敢去触碰它们脆弱的神经

（选自《六盘水文学》2019 年第 3 期）

海　湾

呼岩鸾

海湾为什么不是海了？没有波涛
和渔船，水面灰暗，贴着天空的黑脸
滩涂上不再有蚝民踏着滑板飞行
沟槽深深，岸边排污口猥亵的眼睛一眨不眨
衰老的渔夫在高楼里看着窗外
喝醉了，计算着往年的渔获，寻找
在红树林丢失的斗笠
不是老人与海，无海风吹胸

有一日，太阳当空照耀
水面上撒满鳞片
一闪一闪，鱼类们魂兮归来
海湾美丽

太阳以水洗水，我以火灭火
——心中无明业火三千丈

（选自 2019 年《岷州文学》夏季卷）

草木心

唐　政

我喜欢对着草木说话
草木的耳朵里
灌满了铅一样沉重的风

我不需要草木回答
在它们卑微而简单的一生中
回答是最漫长的

而草木的命运都是环环相扣
一棵树倒下
另一棵树又会倒在它的阴影里

我的心里也有落叶的哀愁
感谢这些草木
让我暂时不把它们说出来

（选自《作家天地》2019年第11期）

红月亮

轮　轴

需要多少的痛
才能汇聚成雪域之上
一滴红色的泪水

太阳的继承者，统领夜的王
红月亮
逼出雪体内的寒和剑
逼出尘世的光，与火焰

雪域之上，尘世之上
有多少次淹没
就有多少次重现

我就是那个
在月亮上打坐的人
外表火热而内心凄凉

（选自《作家天地》2019 年第 2 期）

追风记

蓝雪儿

从山的脊背中走出
从水的肋骨里走出
从沙漠的眼窝中走出
我看见——
一棵树倒向另外一棵树
一滴水抱紧另外一滴水
一粒沙掐紧另外一粒沙

总有一些疲惫不随季节消减
我决定面对苍白的时间
缩小身子
委身为奴

(2019《一度诗刊》第 2 期)

一座通往故乡的桥

李林青

直到一座新铺的桥通往故乡
记忆从此不再泥泞
稻浪飞驰
大海展现金黄
我愿意把能够想象的色彩
全倾洒在这片厚实的土地上
春雷滚过
夏雨洗过
秋霜染过
冬阳烘过
一切都以一座桥为纽带
四季轮替
父亲从桥上走向庄稼
夕阳从桥上走向海面
风从桥上走向风
我从桥上走向故乡

（选自《诗歌周刊》2019 年 8 月第 370 期）

离云海最近的肩膀

王正洪

生活压弯陡峭的山道
山道上有一幅磨损不掉的女人的肩膀
骆驼的耐力，岩石的沉默
见惯了积雪，吹破的寒风
什么是苦，什么叫疼痛，不知道
石柱一样顶天立地
在树荫丛中在鸟儿的唱曲里
翻越大山
我曾以为她的内心有多么暗淡
应该有和着汗水的泪水
可她如山上的花草
具有一口洁白的牙齿和朴实的微笑
一句轻如布谷鸟的回音：不累，不累
惭愧了我们这些书生
所谓的城里人
上山难，下山更难
谁知道她扛过多少砂石、钢筋、原木
山谷里汲水，高山上种地
陡坡上建房
她有离云海最近的肩膀
像星辰，走遍群山
有时候又像拍打松涛上的海浪
宁静，怀揣着梦想

（选自《宣城日报》2019 年 3 月 29 日）

十八踏及其它

陈波来

河岸已归于平静
从河边到老街，这样一个传说
为印证自身而预留的去处
一级一踏，十八级台阶
有心人可以走上很长时间
从繁喧到冷清、枣林到街市
苔藓和尽显斑驳的牌楼
一路穿过，但无人留下脚印
老街上迎面一栋二层楼房
据说是诗歌屋，诗人回乡之时
高朋云集，诗声琅琅
从十八踏上来，要进此楼
还需踏上一级新石铺砌的街沿

（选自《诗歌周刊》2019 年 8 月第 370 期）

一座庙宇

章之乐

黄昏走过一座庙宇
庙宇里看见自己的黄昏
香炉少了香火
塔灶剩下灰烬
灵魂扶摇直上
烛泪已干

在这寂廖的人间
信仰没有塑像牌位
不需要记挂
只需要一幅上天的梯
香火熏干虫蛀的孔洞
我微小的藏身之处

其实只是累了的我
在闹市深巷中的小庙
打了一个盹

（选自《四川文学》杂志 2019 第 2 期）

在秋天

韩庆成

在秋天
一只小小的变色龙
站立在荣枯相间的草丛上
秋风吹拂这片草丛
它的身体随风飘动
仿佛　在秋风之上

高楼们造起来之前
这里是它的领地

那时候没有人这样看它
它也不用歪着头警惕地看我

它和我一样是四肢动物
它的今天，也许还是我的从前

它保存着一条长长的尾巴
没有这条尾巴，该有多丑啊
就像它面前的人类一样

（选自《现代青年》2019 年 12 期）

下雪的日子，我愿意呆在乡下向火而眠

然 也

我越来越不愿提及身体所在的这个现在
或许它是无辜的，总有人会这样认为
我只说我自己的身体不好
这个越来越变得多余的物件
我为它劳心劳神，它却日渐枯萎
算了，它应该也很无辜，人堆里到处都是
天地良心。我只想沉湎于回忆
或者想象已经到来的这个冬天
下雪。是的，下雪。安安静静地下
四野茫茫，干干净净，万径人踪灭
很表面很虚假，一触就化，转眼就没了
但是，我就爱这些

（选自《诗歌月刊》2019 年第 8 期 总第 225 期）

远　行

紫云英

飘洋过海
我带着月亮和你
幽暗的地方也有光

身边的凉风轻浅
身后的光阴厚重
你一定没想过
另一序言即将开篇
而我
只能目送你的背影

你站在那面镜子前时
清凉的影子
便随波光晃动
我唤你一声小名
白云已飞过塔顶

到达山脚时遇雨
风声呼啸
从陌生的山中来
我们逆风而往
走得越久越是相信
树木花草的清香
一直会在身旁

大海就在你的身后
海浪一层一层漫上来
远处海天牵手
我不说话
只微笑着含泪
看水手在风中启航

（选自《长沙晚报》2019 年 9 月 2 日）

叠合的光阴

王　静

孩提时，我蹒跚走进树林
一排一排的树，在地上烙出一脉一脉的阴影
树叶间的空缺，是洒落人间的青春碎片

夏日，母亲在树荫下浣洗被套和衣物
我骑单车压过树影，仿佛压过我的童年
一段阴影，便是一段光阴
路过的人事一幕幕后退

如今，二十三岁注定漂泊的我
从许多树影里进去，又出来
却一刻也不敢停留，靠坐

两位老人送我到村口
送走我的牵挂
回头，看到他们的背影
正慢慢与树影和光阴叠合在一起

（选自《延河》2019年第11期下半月刊）

浪花的枝头

胡勇平

这么多的浪花
被卷走，被掀起
飞速的摔在沙滩上
梦碎了一湾
疼也不哭

大海从来就是爱情的故乡
一边舞蹈一边凋零
此刻你便是浪花的枝头
海鸥远行，路过我的眼睛

船把鸟，敌人，远方，你我
粘连在一起

（选自《湖南诗歌》杂志 2019 年第 6 期）

五辑　诗海珠贝

文 登

李自国

十里不同俗
在胶东在半岛，生长日出的地方叫日照
在烟威，在日照或在青岛以远

文登有山，山立千秋
文登有海，海是文登人的面子
偌大的面子，浪得发蓝浪得无边的面子
皇帝来了，星星点亮天边的灯盏
秦始皇召文人登山，吟诗作赋
引得紫气东来，引得众文星下凡

这山水，这天梯，这超然底气
这里的夜被月光折叠一半
这里的山与山各立门户
它们崇文尚学、忠义勇敢
连圣经山的花草也仁孝乐善

不知昆嵛山的容颜换走多少风雨多少朝代
也不知半岛的火焰放逐多少佳人与江山
而我手握寸铁光阴，千里迢迢来登山
风尘仆仆来赶海，文登，文登
在我与时光的背影推杯换盏之后
你让我书登万卷，情登满怀

（选自《绿风》诗刊 2019 年第 5 期）

那一个秋夜

第广龙

地上，盛大的虫鸣
头顶，盛大的星空

秋天可以颠倒
秋夜可以交换

虫鸣发散，万道光
星空沸腾，万种声响

那一晚，我走在路上
我是一件响器，我是一个反光板

（选自《读诗》2019 年 1 期）

汉字 晚餐

柳宗宣

黑瓦与屋檐。大灶台闪现
灯火。穿过不同的时空
到来的老友与新朋的团聚
在圆形灶台，从身体记忆
与民居一道发明的晚餐
大铁锅上面的烟囱；锅底
劈柴燃烧。江南有鱼泡的
大头鱼和来自塞北牧场
氽过的羊肉：烩南北的烹饪
我们吃出了鲜（汉字的象形
与会意），使用东方的筷子
和我们的方言。可爱的
因缘聚合的非血缘的亲人
你看，夜色抚摸东湖水浪
柴火灶燃放烈焰；男女阴阳
环坐成圆。酒杯被碰响
身心有着无限的快慰或饥渴

（选自《诗歌月刊》2019 年第 11 期）

站　台

刘洁岷

满大街的人都是在从猫眼和锁孔里窥探
这世上充满了喊喊喳喳的妇女，洗脸盆
盆底的小动物图案听到你真实的心跳
行李箱飘在流水线一样的行李监测带上
那些雨是斜斜的，那些点滴的轻柔的雨

拥挤的大厅像拳头一样慢慢松开
撩开蛛网，玻璃碎裂，沿着楼梯
走上去，就会被替换成反复曝光的人像
你走来的时候，太阳从南边出来了
站台的人群石雕般地纹丝不动

仿佛看到新上映的电影，从电影里出来
可看到被阳光烧得火红的路口，当我以手掌
盖住镜头的一半我看到结满果实的藤蔓
我目睹空中一道抛物线松散然后消失，少年
在趸船甲板上跃起然后全情投入一整条河流

（选自《长江文艺》2019 年第 11 期）

第二十四个生日

李　浩

灵魂和肉体始终无法相遇。
精神是一座高楼里的
第七个生灵。看得见，
黎明是从苹果树的

身体里渗出的。看得见，
你从七楼高的绝望中飘然坠下：
那一片片黑色的树干，
从你的胸口内长出；

你眼里的余光是你抓不住的树枝，
在很高很高的地方抚弄阳光。
你在茫茫的黑夜里，
流淌着自己。你不倦地

向着朝天空竖起的马路努力，
你紧紧抓住歌唱的瓢虫
白色的大衣。你说“谦卑寻找，

必得寻见”。来自天上的爱，
便将你完全照临。
你面前飞舞的天使，
结成长队如同一盏路灯。

（选自《芳草》2019 年第 1 期）

落　叶

潘永翔

它们次第落下来
像一个个捡拾薪火的人
它们用自身
点亮经一街的夜晚

一个穿风衣的人
踏着落叶走近夜色里
一个环卫工人
把夜色连同落叶一起
收进自己的温暖里

我看到一片叶子
不肯随着季节飘落
果断的站在枝头
一心一意
守护头顶的那片天空
它多像我啊
一生一世
守护我内心的纯净

（选自《绥化日报》2019 年 11 月 8 日）

经过一片稻田之后

北　乔

镰刀是船，草帽为帆
稻浪前所未有地颠簸起伏
在这场盛大的典礼中
土地是至高无上的主角
倒下的稻子，弯腰的收割者
还有走向苍茫的我
都无暇顾及一朵云是怎样挂在枝头的
稻草人还穿着去年的衣裳

我听到一粒稻谷爆裂的声音
我看到一粒稻谷落向大地的全过程
一串稻穗与另一稻穗的爱情
即将成为人间烟火的一部分
我走过稻田，认真地陪稻子走一程
不会走路的稻子，陪我走一生
已经忘记有多久没下雨
路上，我是一株默默行走的稻子

（选自《诗刊》2019 年 3 月号上半月刊）

走道儿

宋心海

我们乡下人
把改嫁叫走道儿
那年，我姥姥，抱着三岁时的我妈
走道儿了

姥姥一生走道儿四次
老李家，老张家，老王家
最后是老冯家

她为老冯家养儿育女
但没有一个是她生的

她最后一次走道儿，是走向死神
老冯家，一个人也没去送

（选自《人民文学》2019 年第 12 期）

种　子

赵国培

别过寒冬的威严
蛰伏在泥土里

也曾悲观，也曾喜欢
春天派来条条溪流
迈过大地的门槛
哗啦啦，哗啦啦
比所有的音乐都令人心醉

一场喜雨过，胎衣甩一边
水灵灵的新生儿
随万千伙伴嫩绿着沃野
亮汪汪一双媚眼
大胆投向心仪的朝阳
多想喜结长久良缘，棒打不散

（选自《绿风》诗刊 2019 年第 6 期）

夜行列车

冷克明

车灯熄了
黑暗涨满了车箱
我像一只孤舟
漂浮在无边的寂寞之上

车轮磨擦着铁轨
咔嚓咔嚓啃噬着我的思念
旅途没有尽头
黑夜是如此漫长
你那明亮的眸子
什么时候升上我的希望之巅
什么时候我才能泊进你温柔的臂弯

列车晃动着
一如我颠簸的心
一如我似乎永远无法停靠的
爱情

（选自《中国汉诗》2019年第3期）

起风了

梦　野

似乎就从没有停过
似乎就像给土地插上翅膀
让万物不情愿飞翔

似乎走上一条不归路

就像脸上的粉刺
我讨厌它
可他一次次　在我身上
以一生的时间
犯下同样一个错误

（选自《福建文学》2019 年第 8 期）

狭缝中赏月

段光安

许久没有望月
今日皓月夹在楼顶
窗子连着窗子
筑成玻璃的墙
生命挤于缝隙
一棵棵树扭曲变形
月光泼洒的墨迹
我无法读懂
此刻
真想变成风
从狭缝飞升
而多皱的灵魂却不肯离去
栖在树上聆听
岁月静止
又来去匆匆
只是不动声色
已人去楼空

（选自《天津文学》2019 年第 6 期）

捏

老　风

抓一把月光
捏出水来
捏出水一样的一个人的名字
捏出懂和温柔
捏出我的一面镜子
每天我要证明自己的鼻没塌嘴没歪

抓一把阳光
捏紧温度和温度里的欣欣向荣
捏出光天化日下的那份坦荡和阳刚
捏碎阴霾的手和反复无常的手腕

捏出劲来即使
抓满一手的空气
也要捏疼石头的心

（选自《安徽文学》2019 年第 5 期）

白　云

黄祥云

几亿年还是几十亿年
那些白色的精灵
携带无边无际的幻影
四处漂泊

古往今来
有多少文人墨客
将那些美妙的梦境
下载在白云之上
让我们返老还童

地上有多少童稚的笑语
天上就有多少洁白的云朵

（选自《星河》2019年秋季卷）

看见另一个我

李建华

我在高处看见低处的我——
沿着一个人的食指走
我的路跌入深渊，趴在噩梦边缘的手
不一定真的要帮我。他身后
横放着一把很长的梯子
我踮起疼痛的脚尖，伸长流血的手臂
我的手离那只手，还很远

我在暮年看见少年的我——
呼喊是绝望的，等待是孤独的
在囤积着惊恐事件的地方不停地往上跳
而身边许多梯子是我的资源
像一堆横放的木头，不知为我所用
我摸索着，弯曲着往上爬
我离地面上的风景，还很远

我在白天看见夜晚的我——
毁坏的梯子点燃了围城
温柔的刀子剔除着寒冷和黑暗
仅剩的梯子，下部的横杆已付之一炬
当无能为力的时间抽出了
我的肋骨，天仍然是黑的
我离曙光的照顾，仍然还很远

（选自《浙江诗人》双月刊 2019 年第 6 期）

在泉城

三色堇

在泉城，这一次我没有
去看望李清照
只是安静地坐着
坐在原本不属于我的虚无里
坐在没有鸟鸣的露台上
观望喧闹的尘世与季节的盛宴
我被流放在时间深处
光线越来越暗
纵放着我的意念
我不关心沧海桑田
我只关心大明湖
今日是否还有“兴尽晚回舟”的场景
而此时湖里的清荷
是否在烈日之下愈发加重了它的深情

（选自《绿风》2019 年第 4 期）

舍得

徐　庶

用冰冻来保鲜的
阳光，像成年的爱
并不那么舍得
拿出来用

习惯储蓄一些声音
见一面即逝的背影
和用来将夜熬白的
温暖

抱过的手，还存有体温
也压岁钱一样
舍不得花

当暖阳从窗外
赤裸着进来时
想喊出来　已
无话可说

（选自《青年文学》2019 年第 6 期）

缘自一夜春风

刁家乐

雪白的花瓣水灵灵
缘自一夜春风

团团簇簇，薄雾花玲珑
被虞美人的金缕曲声声唤醒

雨丝风片挑逗梨花
美人头上，袅袅春光行

花姿迷离，醉影画屏
狂欢后，谁记得此情此景

采花何轻盈
沉醉的何止蜜蜂
劝君一杯咖啡
苦中有甜，再续佳人梦

（选自《新三峡》2019 年第 1 期）

出关

支　禄

风沙，吼一嗓子
玉门关口
一棵草匆匆忙忙地站起来
向远处瞭望

羌笛刚刚吹过
烟尘远去
从大地到天空
佛，又一次许诺
八万里辽阔

一群羊，抬头
看了看远方
此刻，适合出关
一个蹦子就迅速翻过
羊儿，一只只
又赶紧伪装成石头
一路上，就得
靠啃噬荒凉充饥

鹰，一只黑色的水罐
在头顶带路
羊，一旦喊渴
烧得火急火燎时

鹰，翅膀一夹
就低下来
低到，羊的视域内

此刻，羊儿呀
往上瞭一眼就能望罐止渴

（选自《椰城》2019 年 12 期）

桃花淹没了我的村庄

樊文举

清明时节，桃花开了
开满了山坡、田埂、路旁，门前屋后
一片片、一垅垅、一簇簇
足下的芬芳醉了小鸟、虫儿和羊群
远处的落霞，淹没了我的村庄——
西海固，这块“不毛之地”

清晨的阳光驱赶着花香，似浪涌动
我顺手捡起一枝柳条，饱蘸墨香
在粉红的花瓣上撰写——
一种从“不可能”到 可能”的神话
天不信，地信了
世人不信，我的乡亲信了

你看，那花芯上滚动的晨露
似乎要告诉世人一个惊天的秘密
一丝淘气的风儿已暗语
它是百年前爷爷流下的泪滴，是
七十年前父亲洒下的汗滴
我静气凝神细观，那些闪烁的花环中
除了爷爷佝偻的身影，父亲蹒跚的脚步外
还有女儿灿烂如花的笑容

（选自《六盘山》2019 年 3 期）

空房子

胡　游

学校附近又在不停建房子
很多房子都是空的
如果都要装满
这世界就一无所有了
心也是
不要装太多
挪出去一些钢筋水泥与供奉圣贤菩萨的庙堂
空出来的美属于自己
你看，那无边的天空
空得
只留下白云与夜里渺小的星星

（选自《青春》2019 年第 10 期）

野牛图

马文秀

闯出的那匹野牛，撬开了
阿尔塔米拉山洞
这狂妄的家伙，究竟是谁家的？

西班牙居民，慌了神
蜗居法令纹的巫术情节
正如万年的洞穴，野性高于万年

躬耕荒山的背影
再一次被这兽群唤醒
绕过赭红、黑色、还有褐色、暗紫色……
洞穴壁画蔓延出一种香火味。

（选自《诗刊》2019 年第 10 期）

为陌生人而欢呼

马晓康

这是一群如此丰富的心！
它们擦肩而过，像冰川那样寂静
我知道，乍起的狂风总是来自冰川内部
在记忆长河中漂流的悲欢，即将涌出
它们，将为陌生人而欢呼

（选自 2019 年 8 月《星星》诗刊上旬刊）

空灵鼓

陈红为

编钟、碰钟、铙钹、锣
这些金属的乐器，声音
是敞开的。空灵鼓欲言又止
一张嘴，始终不曾打开
这些微微闭合的“铁嘴”
牙齿只能落到肚子里
时间的每一下敲打，如一问一答
天籁传来的声音，比想象
更遥远，无人能够抵达

（选自《芒种》2019 第 7 期）

一匹马深入自己的影子

柳　风

一匹马站在草原，站在干干净净的风中
站在我的灵魂深处，仰天长啸
一匹马深入自己的影子
一阵风收留了她的心跳

一匹马在自己的影子里奔跑
终于跑出了马头琴的长调
当她交出了马背上的颠簸之后
一匹马的影子开始深入人心

（选自《特区文学》2019年第5期）

在寒山寺

张尚锋

流水作古，冻结山涧
万物凋敝，雾霾化身为冰
在光秃的枝头上小聚
踏雪而至，梅花开在异地
唯有破土而出的竹笋
释放出春的信息
气温一降再降，至零摄氏度后
那些原本柔软的事物
都有了硬度，如：
山中的落叶
晨钟与暮鼓
脚下的冻土，以及寒山寺
菩萨的心肠

（选自《诗刊》2019 年第 4 期）

论语

杨　斌

耕者，死于野
樵夫，死于林
渔者，死于水
药夫，死于崖
离人，死于远方
父亲善饮，死于酒
人一来到世间，便做了
游离人世的苦行僧

（选自《星星·诗歌原创》2019 年 4 期）

怀洛夫

李金昆

呼唤你时
你已在烟之外

独饮的花雕
乃一滴滴的长江黄河

梦里故土的鹧鸪
每每以火发音
一次次被灼成内伤

洞庭水月
魔幻成一句句比泪还咸的楚人诗

我把你的额角仰望成巍峨
而你挥鞭纵马
蹄声便成永不回头的山色

（选自《诗潮》2019 年 12 期）

城市当铺

李啸洋

我像这个城市挤丢的一滴水
每天被生活蒸发
挤进煮沸的人群。这是身体的当铺
医院，澡堂，厂房
所有动词都把我典当了一遍
工作。身体是行政表格捞出的豆腐
姓名，实习，经历
切割古代的名号，分装进学历里
性别，省份，年龄
切割南腔北调，塞进一沓普通话里
父亲和母亲填进表格里
栅栏是他们的邻居，望不见对方。
这个城市像一所当铺
医院，澡堂，厂房
乡下的每一部分都可以拿来典当

（选自《青春》2019 年第 10 期）

彗星出现的夜晚

小布头

在此刻，每一秒钟，就有五个婴儿
呱呱落地，他们凭本能摸索乳头、吮吸
良善而懵懂，像驯鹿、天鹅、新笋和朝露
是的，他们不曾被彗星照耀过

在遥远的时代，弗洛伊斯在传教
孔子在劝学，纳粹在杀人，帝国未停战火
是的，那是彗星拖着长尾
在众生的头顶划过

啊，又一个甲子年，彗星的光
穿透地球的表层，像父亲抚摸我的头颅
这一夜，众星黯淡，江河逆流
我在夜空，见到不止一个我

一个，身心澄明，满怀悲悯
一个，起了杀心，去杀另一个
一个我，像被做了额叶切除术，非我，是我

仿佛在我以外的空间里
有一个不为人知的、平行空间存在
彗星出现的一夜，我的阳面、阴面
和灰色剖面，就会狭路相逢，相互对决指认

（选自《北京文学》2019 年第 6 期）

荷　花

廖松涛

每到夏天，池塘里挤满了荷花
仰泳

莲蓬的高台上，有花瓣练习
跳水

入水的花瓣，化成了一尾尾
红绵鲤

（选自《水镜诗刊》2019 年第 1 期）

可能性

彭君昶

高速上的可能性
与一张纸，一支笔的可能性
是同一种可能性

未醒的预言与未睡的预言
一盒火柴与一盒香烟的
可能性：异卵双生的姐妹

而一杯茶涵盖生与死。以及
比生更长久的生，比死更永久的死

它们统一于凌晨子夜时分
统一于一幅白色窗帘

白天，瞬间拉开的窗帘
夜晚，缓缓靠拢的窗帘

（选自《三峡文学》2019年第九期）

下午的瓷

笑嫣语

我捧着未及的光，站在晚风里
站在远离灯火的地方，摁住一个新鲜的下午
没有人会相信，同一本诗集

会在不同的天空被多次打开
我不喝白兰地，不碰威士忌
就像很久不谈读书和写作

时间总是一分一秒踩着钟声
消失在尘埃里，一棵落叶树回应的
不只是秋天的歌声，大提琴在凌晨

送出一张卡片写着千言万语
再走回它自己，在九祥岭公园
一道围墙制造的孤独，像戏谑

路人的告别，从这里看到的云朵
承接木棉的言辞，而桥下河水沉默
在留仙大道，我不能跨越漫长的栅栏

带走一页日记，你写下囚禁的石桥
迷路的光，而在逐梦的旋木下
独自出走的火焰，在向我们表达着什么

（选自《作家》2019 年第 9 期）

虚构的节日

平溪慧子

今天
几口古井已被现代的卵石填满
一阵小雨，打散了路边的玫瑰
从西到东，漫长的行程
是为了将距离拉得不远不近
你在鉴定一盏酒的浓度与语言的关联
我在几只玻璃杯的碰撞中
丈量人和心、情和义的比重
有人借着劲酒的劲谈起一朵花
我只能以花朵的花遮掩一杯落寞
曲子已终，我们都遗憾这个虚设的日子
年龄在虚构的情景之外，却身陷其中
人群向不同的方向散落
城市的灯光太亮，隐藏不了鞋子的胆怯
午夜，家变得安全，窗幔贴心
一张华丽的欧式木床，两只形式贴近的枕头
代替主人相亲相爱、难舍难分
宽大的床铺，忠贞地虚位以待
候鸟似的主人，正在另一簇灯火里游弋
良久，一池荷花香气袭来
弥漫了整个银河
被众人虚构的雀桥，在梦境中渐渐远去

（选自《湖南诗人》2019年第2期）

大寺沟

木　耳

在大寺沟，我枯然而坐
一只岩羊，居然尾随至此
隔着小溪
与我相望

尘世太静。我们谁都没有说话
它在饮水
我在走神

后来，它接近一块巨石
我起身，似乎要开口
它却一闪，消失在了岩画里

我在原地坐下来，认真地打磨自己
就像打磨，一块石头的表面

（选自《星星诗刊》2019 年第 10 期）

隐秘的事物

孙英辉

我该怎样向你讲述这时光
风毛菊的香气在黄昏里飘荡
几只蜻蜓扇动羽翼
飞过夕阳投向草地晕黄的光
这行走的灯盏时明时灭

金色的狗尾草从紫色的芳香里
与斜阳默默欢聚又依依作别
我留恋的事物如此隐秘
风带着它们的种子漂泊又停留
谁会与谁拥有同一栖居地

当我说起它们 是如此怀念
喜悦的时刻也恰好是我忧伤之时
时光里的一转身 就再辨认不出
这美的存在 逝者如斯夫
亲爱的 我该怎样向你讲述
那念念不忘的过去呢

（选自《诗歌风赏》2019 年第二卷）

弧　线

杨玄澈

在我小的时候，
那些白杨树曾经高耸入云。
田野间纵横着的斑斓小径，
通往日落之所，
浩瀚世界的尽头。

古铜色的风乘着弧线，
拉开羽毛的疆域。
一页页日光的影子，
翻越过我的小径。
只有白杨永远等待着，
不知何时才会赶来的消息。

它挺拔的身姿向着辽远，
眺望无法看见的未来。
我行走其下，
宛如渺小的一片蝴蝶，
漂浮在金色薄暮的风里，
鳞片与时间一同散开，
宇宙间遍彻枝叶摇曳的回应声。

那个无限接近黄昏的下午，
我曾不停息地朝将沉的日轮跋涉。
两畔堆叠的稻草一浪连接一浪，

如同后撤的告别，
送我离开尘埃中的故园。

如果有一天抵达，
我是否还会回来？

（选自《中国作家》2019 年第 5 期）

老屋记忆

宁小华

时间长出的青藤
已爬满屋顶
青瓦砾砖在流年里磨损
在檐口和墙角长满沧桑
老屋的肩膀越来越深感沉重
那根枯朽的大梁
仍在坚韧地支撑着风雨

斑驳的土墙剥落成一页页发黄的日历
掉落屋廊上，堂梁之燕
叽叽喳喳地飞过记忆
留下一块季节的伤疤
屋角随风晃动的蜘蛛网
蜘蛛把丝拉得很长很长

老屋和老屋里的故事
正渐渐在时光里消蚀
推土机的轰鸣声
将我从旧日的时光里拉回

（选自《湖南文学》2019 年第 10 期）

梅瓶

唐旺盛

小口，短颈，丰肩。瘦底，圈足。一走出
锦盒，我就认出了你。还是一身大宋时的装扮
骨肉亭匀，身姿曼妙。2007。在顺德的大良
你静静地站在柜台上，看我出汗
我听出了你的娇嗔。哦，我的老美人
跟我回家。我把你放在书架上
你身后是《五灯会元》《阳羡名壶系》
《饮流斋说瓷》。我抽着烟站在你的身子下
像看时装表演。你身形多么挺秀，刻绘率真
体息里有黯淡千年的酒香。我把你抱在怀里
用放大镜狠狠地看，釉面上残破的气泡
底部的跳刀痕。窑温虽然不足
但你胎骨坚硬。我们一呆就是一个晚上
你对我说，“静”，一切就回到初生的本色
冬道藏，万物宁静。一场古邯郸山中的大雪
从远古下到今。你说，“空”
天地瞬刻混沌。南朝四百八十寺
都化作满窗口的晚风。墙上的书法变成干枯的
白纸。钟声也消失了。心无挂碍
只有恍惚。只有我抱着你
那年春节，路过公园。看见俊俏的妇人卖着一枝
老干梅花。花如朱砂点出，干如一段弯曲的傲骨
想起你，娇小之口，与梅之瘦多么相称。

（2019年11月份合肥诗歌公众号《诗缃》）

吹响黄河之水

邵　悦

岸边的春柳，泛起黄河的青春
取一根青涩的枝条
把枝头的余寒摆过去
剪平两端的物是人非
刮去，年复一年的风尘
一只柳笛，咂成若干个的童年

站在黄河岸边，我吹响柳笛
无名的单曲掠过涛声，掠过河宽
吹响黄河低沉千年的谣曲
柳笛吹得越响，风越大
还是风越大，吹得越响？
我全不能回答——

什么也别问，问了即是浅薄
什么也别说，说出就是大浪淘沙
黄河那么浑厚，水流从天而降
早已滔尽世间的污水，汗水，泪水

（选自《北方文学》2019 第 6 期）

漳州旧事

张 元

很多的背景消失了，很多的灵魂
也不见了，有时候深情地仰望
世界是如此的美好
风微微啊吹，云轻轻地飞
所以你也要慢慢地走啊

你不要距离我太远，会舍不得离开
我是个恋旧的人，我只有在回忆的中心
才能不被时间忘记
我喜欢在涨潮时，想起一些旧事
想起一些无意地打扰，一壶陈酿的老酒
是那年的黄昏，但却
窗门紧扣

这些年来，我老去了
我的很多稿纸都散落了
包括那年，我写给你的信
熟悉的地址
收件人，却下落不明了

那么多的事忘记了，只有你还记得
你被压在了最深的谷底
那是一座没有出路的山，不能回头的河
你就被困在里面
游啊游

（选自《中国作家》2019年第9期）

春水漾

大　窗

水一往无前铺叙
遇到水草，树木，瓦房的倒影
和游泳的鹅鸭，以及飞翔的白鹤
一律施以柔软的安慰

三两只鸟在枝叶间唱和
小岛上野趣的藤蔓向上攀爬
一组电线，掠过水的上空
听得见簌簌的电流声

风又起，吹皱一池春水
粼粼波光之上，安放了细小翅膀
她们统一往前移，又回荡
安静的光阴掀起微澜

（选自《两江文苑》2019 年总 62 期）

二　月

江　娃

二月，爱从正面而来
为你，我作好了盛开和怒放的设想和准备
不再像帕斯捷尔纳克那样
用墨水痛哭

我的花园在我的身体里
挤满
蝴蝶惊叹和蜂鸣恋曲
让我暗想
你的江河奔涌如同血液也有一种花香
在蕊的小山峦上
不仅有你的阳光和月色
更有同醉的微风

一条破折号后
是你寂静旷野由来的远方之路
鸟声怎能挣脱鸟声
我在结果的时辰中等你
直到你出现，春的晨光
一条红围脖
加上一件小花袄上的桃花瓣子
我像二月
被你填得满满

（选自《在云下辽阔地倾听》重庆出版社，2019 年 1 月）

特辑（上）
朗诵中国

大海赋（节选）

石　祥

一

中国经济是一片大海！
啊，壮哉！
浩浩淼淼，汹涌澎湃，坦坦荡荡，天地情怀。
你向何处去？你从哪里来？
从刀耕火种，到机械化收割，
上下五千多年，改朝换代，几番兴衰。
东方巨轮历经艰险，驶向诗和远方，
奋进在中国特色社会主义新时代。
啊！海纳百川，海容世界，
大海有你有我，大海充满大爱！

六

中国经济是一片大海！
每一朵浪花都绽放出奇光异彩。
我的故乡是一个不满百户的小村，
穷得没有地主、富农，靠天吃饭，半年糠菜。
如今，小地方形成了大市场，
科学种田，多种经营， 城乡结合，搭建平台。
网上联通，农产品直销海角天涯；
农民的腰包也逐渐鼓了起来。
啊！中国精神，同一个梦想不是梦；
中国道路，同一个世界没有界！

七

中国经济是一片大海！
中华民族具有威武不屈的英雄气概．
“起来！不愿做奴隶的人们，
把我们的血肉筑成我们新的长城……”
五十六个民族，近十四亿龙的传人，
一人一面五星红旗，笑逐颜开。
北京奥运圣火传遍赤球八万里，
照亮“环球同此凉热”的诗意世界。
啊！得道多助，失道寡助。
大逆不道，终将被历史潮流所淘汰！

八

中国经济是一片大海！
中国人民有大海的无穷力量和博大胸怀。
你中有我，我中有你，
构建人类命运共同体，我们有同样的爱。
要把自己的事情做好，进一步扩大改革开放，
东方巨人已从站起来、 富起来，到强起来。
我们的初心是东方地平线上升起的朝阳，
我们的使命是开创“春色满园”的美好世界。
啊！我们就站在这儿，永远站在这儿，
与世界民族之林同在，与和平、正义、尊严同在！

（选自《新华每日电讯》2019 年 8 月 2 日）

石祥：军旅诗人、作家。原北京军区政治部创作室主任、少将，获国务院特殊贡献津贴。第五届全国人大代表。歌词代表作有《十五的月亮》《望星空》等；诗歌代表作有《周总理办公室的灯光》等。

写给祖国的圣词（节选）

峭　岩

一

当我离开母亲的脐带
便落入您的怀里
您用高山之高、大河之长包裹着我
在您的搀扶下学步，成长
您就这样成了我跪拜的图腾
除您之外
我不知道还有什么值得我爱恋

二

我注定是您脚下的一棵草
然而，不卑微，不纤弱
露珠当饮，风暴可挡
默默中淬炼成刀剑
即便燃烧也变成冲天的火焰

草有草的本性
我知道我的根扎在哪里

三

那天，我去大洋彼岸
离开黄土地的气息
短暂的分离却让我有了丢魂的感觉
我不知道之后会怎么样
最后的拥抱会不会永恒

我决意带上一粒石子
那是拣自黄河的鹅卵石
石头里有我与黄河的对话
有石头相伴
我会有归属的厚重

四

那是一条流自阿尔卑斯山的河
它的长臂挽着一座城市的细腰
碧水托举罗浮宫的华丽
长波吟唱巴黎圣母院的神话
一波一浪都有金子般的涟漪

可我怎么也不能低头
我只有收藏起艳丽的词汇
揣回心中的火焰
我最后在心中默念
赛纳河，我不能爱你
你不是黄河，你不是长江

（选自中国诗歌网 2019 年 3 月 7 日）

黄河奔流

高金光

大江大河千百条
最喜欢看黄河奔流的姿态
在巴颜喀拉山，她是潺湲的
在河套平原，她是沉稳的
在黄土高原大峡谷，她是湍急的
在壶口，她是跳跃的
在桃花峪，她是雍容的
在入海口，她是壮阔的

千载驰骋、昼夜不息、风雨兼程
奔流是她的本性与个性
逢山开路、涌浪而来、一路向东
奔流是她的脾性与心性
九曲十八弯，铺展在东方大地
凝成一个民族的图腾
一身黄皮肤，千万年坚忍卓绝
化为一个民族的颜色

奔流　奔流　奔流
越五千年历史走向今天
携带鱼群、船帆、风雨、雷电
隐隐中有急切的呐喊
奔流　奔流　奔流
融汇的胸襟广阔

生命的力量强大
梦想展开了绚丽的长卷

黄河奔流于中国
一如尼罗河奔流于古埃及
恒河奔流于古印度
幼发拉底河奔流于古巴比伦
世界上最古老的文明
如今惟余黄河世代流芳
而她正抖落风尘、卸掉泥沙
开辟更为清晰的航道

（选自《河南日报》2019 年 12 月 25 日）

雪落雄安

林双川

雪，又一次落下
落在雄安
落在冬去的脚印
落在春的门槛

雪，又一次落下
落在春天
落在明月禅寺
落在宋辽边关

落满市民中心的红灯笼
落满正月嘉年华的锣鼓喧天
落满这片历史与未来的交界
落满燕丹别荆的易水河边

雪，又一次落下
落在雄安
落在诗的平原
落在荷花沉睡的湖里
落在孙犁们笔下的故园

落在解冻了的无边的原野
原野上，是寒冷压不住的生机盎然

（选自《我想做雄安的一棵树》，百花文艺出版社2019年11月）

夜雨中的天安门广场

张　浩

伫立秋风
凝视夜雨中的天安门广场
雨中，你像退潮的海一般宁静

纪念碑
是歇帆的桅杆
伫立在夜晚
无数英雄豪杰穿过
一千八百年的风风雨雨
走入共和国的碑文

一面旗帜的记忆
与井岗山的鼓角相闻

一条河（金水河）的波浪
与大渡河的铁锁寒桥相牵

一个庄严而豪迈的声音
回响在历史的长空

中国人民站起来了
一个民族的脊梁
挺拔成喜马拉雅山的庄严

社会主义中国巍然屹立在世界东方
没有任何力量
能够撼动我们伟大祖国的地位

五千年的潮流
在中华民族梦想的彼岸激荡

共建人类共同体的旗帜
在世界的上空飘扬

中国的昨天
记录在银河霄汉
镶嵌在日月的光辉

中国的今天
正走在世界的前沿
创作出新的伟岸

多情的雨啊
你也和我一样
依然在国庆70周年
礼炮的余音中激荡感慨

雨中
士兵走出石刻
与边关的界碑
共同守护
人民的安宁

时间
给昨天起了一个名字
叫历史

旗杆与太阳
共同等待
又一个红旗升起的黎明

（选自《中国乡土诗人》2019年第9期）

雄鹰的生日

赵　琼

一只雄鹰，就是一座界碑
一座军营，就是一枚
固守版图的钢针
翱翔于蓝天，白云
清洗着我锋利的羽翼
我与江山对视
只有它，才能真正地记住：
“八一”——
由祖国母亲
赐予我终生为傲的
这一枚胎记

我在雷鸣中振翅
闪电，是为我庆生的烛光
我在乌云里穿行
黑暗，挡不住我的凌厉
和我的英勇
我借朝霞与晚霞的红
用饱蘸着炽爱的血，描绘
一面旗帜
以及一地高粱一般收成

今天是我的生日啊
我们是一群战斗的鹰

面对夕阳的烛光
我许愿，但绝不会闭上
使命的眼睛——

黑夜里，我愿翅翼之下所有的灯
都是一颗又一颗
微笑着的星星
所有安卧着的群山，都是亲人们
甜梦里的身形
海浪欢跃啊，我愿
它们都是生活在祖国怀抱里的人们
一场又一场激情的锅庄
风啸松涧啊，我愿
那就是，我那些
依偎在版图之上的亲人们
一声又一声愉悦的欢唱

今天是我们的生日啊
我怀抱利剑，面朝云海
背倚苍穹
把要向世界亮出的名片
再一次，用忠诚来进行描红
为捍卫母亲和平的愿景
祖国，在今天
请您直呼“献身”或“冲锋”
——由您赐予我们的
这一对乳名

（选自2019年8月1日《空军报》长空副刊）

咫尺天涯

丁小炜

十年前我在亚丁湾护航
返航时第一次拜访永兴岛
远行回家，就是在这里
踏上祖国坚实的土地

当我再次登临
三沙，大海中这座年轻的城
如一位渔姑换上了盛装
为我斟上一杯香浓的茗茶

熟悉的军营，美丽的渔村
南海前哨的军民
共同守护祖国南大门
高天阔海中崛起一幅傲世美景

咫尺天涯，出自《左传》的成语
适合解释今天，离得好远又好近
预想下一次登临，群岛之间
将架起座座长桥，高速路已在海面铺展

博大的海洋，流浪的地球
将与哪一个未知星系近在咫尺
比邻星远吗？南门二远吗？
有多大本事就走多远的天涯

中国是一座永不停歇的座钟
三沙是一柄钟摆
在云飞浪卷的南海上
每时每刻，都与祖国同频共振

（选自《人民文学》2019年第8期）

诗意核心价值观

杨泽远

1

你的心高了
三山五岳就会变成一粒沙
你的心大了
五湖四海就会变成一滴水

2

提着江山轻轻松松走的人
一定能提动地球
骑着大海风风火火走的人
一定能驾驭宇宙

3

鸟声叫开宇宙之门，旭日为新一天打上印戳
我突然发现，祖国长高了许多，漂亮了许多
乡下的禾苗、花朵吹起唢呐，芬芳滴滴答答
城镇的吊车举起巨笔，在描绘着梦想的大厦

4

齐白石的白菜，徐悲鸿的马
黄胄的驴，梵高的向日葵
所有古今中外千古不朽的名作
哪一个不是向上向前、接地气、有体温？

（选自《诗刊》2019 年 8 月号上半月刊）

中国元素（二首）

心　亦

围棋

托钵非僧，二指轻轻一叩
脱手间，黑鸟、白鸟飞翔于井田的垄上

似兵非兵，胜胜败败反复
镇、扑、封、压之势默然列成
都是梅花瘦影

而后沉思为指尖的数目输赢
中国流：在明月松间，空空灵灵

远山：顿时化为背景
只能在网破之后，摆某种定式
于季节的黄昏

相对而坐，烽火四起
棋的命运，在天元之上迂回

文韬武略，并非陪衬
大浪淘沙，金者寥寥无几

井田永不会荒芜，以及棋人

大片的麦子、稻子熟了，落为白子、黑子
沿田垄线成群结队地出击……

黑子是山，白子为水，无穷无尽
悲兮！壮兮！

中国埙

岁月悠悠
舞台上，君子的头颅，
鲜活依旧，昂然如初

生命的坚果
在吞吐的唇边，如泣如诉
观：沧海桑田，魂牵故土
根在掌心里紧紧抓住

呼吸间，大河在月色里，滔滔东流去
沉舟侧畔，千帆过尽
声的绿荫，笼罩了所有的归路。

一转眼，故园何在？
一叶落，天下秋……

生于斯，长于斯，唱于斯
一息尚存，动天地，泣鬼神。

（以上二首选自台湾《创世 纪》诗刊 2019 年夏之卷）

天上的中轴线

王　童

那天他们从基地出发，
从天安门出发，
从中轴线乘神十一腾飞而去，
他们沿着那万家灯火划过了一道彩虹。
天上的中轴线群星璀璨万仙起舞，
天上的大栅栏与前门大街人声鼎沸。
群神在汇聚欢会，
千魂在显灵高歌。
从仙女星座到麒麟辰轨，
私奔的恒娥，
叛逆的齐天大圣，
王母娘娘的酒缸掀它个底朝天！
痛饮吧！这中国神话的续篇的琼浆。
抃风舞润吧！
这余音袅袅的华夏风笛。
嫦娥已不再寂寞，她有了自己的街房，
她找到了失散的父兄。
这新的门牌叫天宫二号。
这家就在天宇庙堂中轴线的尽头，
这家与碧霞的绣房为邻，
这家已出入了众多关里关外的儿女。
这天上的街市，
迎来期盼千年万年的河南与河北老乡。
这天上的中轴线联接到了永定门和故宫的座标上，

我们唤响了天籁之音，
我们乘上天马牵引的战车。
正是从那一刻起，
我们撕碎了皇帝的昭书，
我们推翻了宙斯的统治，
我们唱着自由之歌，翱翔到了九天之上。
这光年沿射的中轴线，
把银河系与黑洞彼方的漩涡星系环绕在了一起。
这里有祖冲之张衡与郭守敬的名片，
这里还有一颗钱学森星，
还有飘荡在暗物质与宇宙尘间的众多华夏英魂。
我们的神州穿破大气层旋转着回来了，
你看到了长城，你见到了景山，
你在长安大街滑翔着。
你带回了天上瑞福祥的帽子，
你把全聚德的烤鸭送进了太上老君的火炉，
这是 2016 年 9 月 15 日 22 时 04 分 09 秒的热恋；
这是充满人间爱意的飞天长吻。
天上的前门大街旁：
情侣在散步，夫妻在对歌，
航天员为妻吹响了口琴，
敦煌中的飞天壁画砌上了月墙，
研究室的女杰计算出了火星的轨迹。
到中轴线上去走一走吧，
到天上的闹市去逛一逛吧。
你来了，我也来了，
月亮映照着我们的脸，
宇宙重生着我们的生命，
天上的中轴线离我们，很近很近。

（选自《昆明文艺》2019 年第 2 期）

红　船（外一首）

李建军

摇篮上悬挂蓝色的穹顶
一种独特的蓝，深邃的蓝
蓝得纯粹，蓝得清澈透明
九十八年的风云变幻
才能使之拥有历史般的湛蓝
红船，南湖的红船
庄严肃穆地停泊在湖中心
像暗夜里一根火柴点燃的金焰
像波浪中飞起来的一条红鱼
像云雾间跃出来的一轮弯月

暮色过于浓重，阴云触手可及
水草饱含苦难的岁月
芦苇举起反抗的手臂
湖水的唱片卷动巨大的波澜
第一支曲：一声炮响
漩涡的中心是真理的桃花瓣
第二支曲：青年运动
怒火一经燃烧，波浪前赴后继
第三支曲：红船诞生
浊浪后退，云袖飘舞，峰峦竖立桅杆

湖在闪光，波痕即回忆
风雨呼啸，漫长且狂烈

形形色色的雪山草地在移动
枪林弹雨的炼狱深渊在闪现
失败、磨难、死亡、桎梏、废墟……
像流水反复地撞击红船
胜利、幸福、新生、解放、繁华……
像星群永恒地支撑天空
湖水浩荡，她在泼墨，在挥毫
绘一幅开天辟地的山水画

丝网船，灯光船，船影晃动
沉重而又坚定，一往无前
一座时间的南湖，苍茫黑夜
她是惟一的灯光，云开雾散
风光旖旎，她是惟一的勋章
探寻和思考体内的光源
初心锲刻诗碑，精神彩蝶飞舞
“她引领中国前行，未来又在哪里”
星云含笑，波光无语，只要她
屹立不倒，湖水便永远地舒卷着梦想

延安窑洞

农人挖掘的窑洞
那一年，在延安遍地开花
与黄皮肤一样的颜色
和黄河一样的嗓音
同枣园一样的芬芳
它的土，它的墙，它的窗
瞧瞧、闻闻，还是陕北的味

它翻阅的书卷——
攻城略地的金骑铁旅
大生产的旋律、整风的旗帜
都系在一棵棵枣树上
让人凝视和倾听，形成
历史的真谛，与黄土地一起存在
犹似教诲或举世铿锵的玫瑰
叙述不可复制的灯塔意义
它的上方，太阳的光芒
具有饱满的暖意
它的空间，始终保留伟人的呼吸
黄土的流失像苦难的岁月
思想的步伐声从未停息
是时间老人一件永恒的礼品
或巨人脚上的一双鞋子

（以上二首选自《星河》2019 秋季卷，总第 39 辑）

大河之声（节选）

非　白

遇到你以前，我是坚硬的一粒米
投入江水就是屈原的大义
投入海水就是精卫的传奇

我有红珊瑚燃烧的旖旎
我有鸥鸟翱翔的不羁
我还有灵魂拔节儿的声息

大河啊，你是如何让我柔软的
唤我一声儿啊，就把最热的泪还你
深入你的羊水，就在你心中决堤

如果，每一道堤口都是归程
如果，每一滴热泪都是盐粒
如果，每一根脐带都缠绕着你的悲喜

我用尽一生度过的都是你
从一滴水到另一滴水
从一个潮汐到另一个潮汐

大河啊，我是你流淌的万分之一秒
甚至听不到微风
甚至看不到鸟儿刚刚的喙息

可当你把自己放得很低很低
当一切美丽的都沉于水底
我就做这水里的一条沉鱼

拨开一朵朵盛开的饵
我只愿垂下尾鳍
像离家的儿女在你腹中啜泣

大河啊，我爱你
就是把我的一切都给你
不为别的 只为在你沉默的怀中老去

这岁月斑驳的大河　这金石和鸣的大河
每一次拥抱你，我都屏住呼吸
像麦子拥抱雨水，赤子拥抱大地

这顶天立地的大河啊，是一个民族的大气
走进你 就走进历史 走进天意
浩然巨流是你誓不低头的背脊

大河啊，我也要做一条磅礴的河流
根植在你的胸口，嘹亮在你的肩头
我要紧紧地抱着你　奔涌向前　永不停息！

（选自2019年11月21日《天津日报》文艺周刊）

我要把灿烂的笑容留在三沙

乐　冰

大地上的万物终究要老去
一点点被时间涂上衰老的色彩
唯有大海，春波荡漾
所有的青春都被时间拿去了
春天的花朵都遗落在大海里
搬家吧，搬到三沙
和春天做邻居
向春天讨一个温暖的拥抱
我要把灿烂的笑容
留在海南，留给三沙，
让我的笑容融化在大海
永不变心。我还要带着春天
去海边散步，像挤牙膏一样
一点一点地对它说，我爱你，我爱你
啊，三沙，请允许我
在每个早晨和夜晚
手捧诗篇，轻声为你朗诵
仿佛月光轻轻落在你的身上

（选自《诗刊》2019年5月下半月）

小油灯

解

沤江，在沙田圩拐了个急弯
第一军规广场上纪念碑刺破蓝天
1928年某个春夜
红军驻扎万寿宫，当夜星辰闪烁
毛泽东住在上殿右厢房
小油灯旁抽着闷烟，夜不能寐
当时的红军就像碗大杂烩：
工人、农民、游民，小资、小匪
还有从旧军队过来的散兵游勇
烟雾围着灯盏缭绕，一根接一根
烟屁股扔了一大堆，小油灯熄灭，挑亮
小油灯又熄灭，再挑亮
没有规矩：不上门板，不捆铺草
说话不和气，买卖不公平，借东西不还
损坏东西不赔，小油灯熄灭，挑亮
直到第二天上午，小油灯燃尽
在老虎冲三十六石丘的旱田里
红军战士列队整齐
身背大刀、鸟铳，手持梭标
毛泽东身着灰色军装
一个健步登上土戏台，数着指头
一字一板，逐条逐项
神情严肃地宣布“三大纪律六项注意”
沤江在沙田圩拐了个急弯
第一军规广场上纪念碑刺破蓝天

（选自《湖南文学》2019年第10期）

军功章

王晓明

我只在节日这天
庄重地把它挂在胸前
在明媚的阳光下
晃动我的思念
你无论风雨雷电
挂在沉默的墓碑里边
在隐约的星辰里
守护界河边的尊严
每年的这个日子
战友相约在墓碑的前沿
相约不是哭泣
就为久远的依恋
也许山峦阻断了视线
浮云飘向天边
替你拂去功章上的尘埃
点亮沉睡或者醒着的春天

（选自2019年1月5日“军旅诗界”微信公众号第245期）

战　士

李庆文

系上第一枚金色纽扣
我便站似铜雕，擦枪如祭祀
一万只燕子飞越边境线
我晓得哪一只属于中国

夜半行军，不打扰五谷抽穗
一曲大风，兵马俑全部复活
弹坑、废墟统统种满樱桃树
我为大地盖上幸福的邮戳

关怀全人类命运时
我授予自己上将军衔
站在垛口呼吸着狼烟
胸口万里山河奔腾如雷

（选自2019年1月8日“军旅诗界”微信公众号第246期）

特辑（下）清水诗篇

——本书编委会组织诗人参加湖南清水村第二届重阳诗歌节作品小辑

（选自“爱心诗社”微信公众号 2019 年 10 月 19 日）

在清水看见花儿开了

叶　帅

天上的云朵散开了
田野里的雾气变成霞光了
你的眼睛也亮了
只因为，花儿开了

天上的星星闪亮了
河里的月亮追着你的身影了
你从城里跑来了
只因为，花儿开了

我只是一朵无名的花
无名的小花也能开得灿烂了
你是个诗人我知道
花开了，你的诗醒了

你的诗醒了你的心也开花了
你想和我虚度时光
别酸了呀，你和花儿在一起
花开了，时光就是花！

如花的时光是梦想成真
时光老了梦想不会老
不老的时光在清水长寿村
花开了，远望都是花！

最美的时光是对着花儿发呆
发呆的花儿与你相对无言
呆得能听见花儿心跳
醉花丛，在清水你也芬芳一回

幸福的时光醉成一朵花
姑娘看到了你就会变傻
安静地听见“我爱你”三个字
你决定，马上也变成清水一朵花……

2019 年国庆于清水村

长寿在清水

杨　墅

这不是通讯，而是一首诗
但它和通讯一样真实

清水村一下子沸腾了
四面八方的宾朋一齐涌向这里

清水村的夜空顿时亮了
打破了朗概山山谷的沉寂
也惊动了山顶上一颗颗星辰

今晚的荣耀属于清水
清水村出现了多位百岁老人
村民的长寿源自得天独厚的青山绿水
百岁泉功不可没，好环境人人爱惜

今晚的诗和歌都献给清水
清水配得上诗的空灵
清水配得上歌声的圆润

叶延滨，诗坛不老松
他登上舞台，脚步轻松，和村民一样激动
他的诗篇《花儿开了》就从心里开出
朗诵者把诗句回荡在清水村的天空

孙静，文工团里的星
歌声婉转如林中的百灵
甜美的声音还像二十年前那样年轻
她唱响了深情的《映山红》
更把《我和我的祖国》唱给勤劳朴实的坪上民众

至于我，也带来了自己的礼物
我编选的《朗诵中国》正好新鲜出炉
书里有歌唱祖国的一首首经典
而清水村也是祖国的孩子
我歌唱清水，因为清水已把我征服

这不是通讯，而是一首诗
尽管它和通讯一样真实

可惜我的笔还是有点笨拙
未能描画出清水村绰约的风姿
更描摹不出这棵长寿之树的根深叶茂，韵味无穷……

再走清水村

肖克寒

水是眼波横，山是眉峰聚
国庆大节去哪里
大美湖南心，再走清水村

一条条清溪映笑脸
一座座青峰捧酒杯
一阵阵笑声摇红叶
一支支山歌起相思

姑娘说，你当年来时樱花开
小伙说，你当年来时春正浓
百岁爷爷说
你那年问过我八十几
百岁奶奶说
你见过我穿针又走线

还记得，雷公洞迷住了摄像机
还记得，女记者笑饮不老泉
还记得报纸大版登彩照
还记得走遍中国播专题
还记得老支书临行一句话
“帮我们多宣传啊，拜托了！”

春花谢了又开

月儿缺了又圆

崭新的马路铺起来
朴素的农屋靓起来
远方的客人多起来
山里的梦想甜起来

空气出了名，土地含了硒
土酒壮筋骨，坛子菜更香
野果有营养，鸡蛋赛仙丹
哈哈，山里人原来是寿星下凡

走进村庄——
平岸小桥千嶂抱
柔蓝一水萦花草
休闲农庄挂起红灯笼
停车坪，时时自有山风扫
走进村庄——
姑娘邀我赏芍药
小伙邀我谈理想
溪水邀我听合唱
月亮邀我看广场

清水村啊清水村
当年的古道弯又弯
当年的歌谣情意长
唱不尽山清水秀
唱不尽与时俱进
我听见了一个最强音
——不忘初心，再展宏图！

秋天最美的时候，再到清水

宗　艺

天空澄澈，高远
高远的，让我只能昂首

秋天最美的时候，再到清水
山花依旧，人依旧
草叶上的露珠晶莹剔透
小楼昨夜又梦见
泉水叮咚
云开并莲香，情韵谁识
一缕晨风拂过
可以挽起我的衣袖

记忆里，去年此时把酒
余兴未尽，就醉了
今日再聚，仿佛转眼间
斜阳西，近晚秋
带着当初的承诺，诗意
清水，我们又来了
来了，其实不需要什么理由
长寿一件事，小村在心头

在心头的，还有
金色的霞光和满池莲藕

朋友，到这里走走吧
徜徉在山水间
与大树相拥，湖上泛舟

来清水村寻找长寿秘诀

过德文

一眼泉水在清洗世俗
在清洗草木的杂念，于是
这里的田舍、村庄和山野
还有花鸟虫鱼，善良着
像一幅彩色的画，风
随性地梳理着草木间的浪漫
一切都显得那么悠闲自在
又自然而然。走进清水
光阴仿佛慢了下来，日子在拉伸
在这里，不需要世俗的对应物
也无需寻找事物的意义
内心有欢乐源泉的人
不会斤斤计较外在的得失
正是重阳，许多人和车
都往村子里挤，他们
自信而凝结的目光，纷纷探寻
清水村的长寿秘诀

梦幻清水

钟九胜

自从爱我疼我的小姑嫁到清水，
清水就萦绕在我年幼的魂梦里。
那些异样的风情，神秘的故事，
姑姑娓娓道出，引我无限遐思。

雷公洞的险峻爆竹山的奇，
骑木马的少妇勇无敌。
青石板的古道山谷里的瀑，
三百斤的野猪拱玉米。

哦，清水，你是诗中的梦，你是梦中的诗，
你是尘世中的仙乡，你是仙乡中的尘世。

可是，当父亲带着我做客山里，
梦中的仙乡却轰然崩坠——
遥远的路途缠住我灌铅的双腿，
高峻的山岭压抑我想象的羽翼。

凭着那些百听不厌的故事，
父亲勉强把我牵进姑姑的家里。
低矮的茅檐泥墙的院，
瑟瑟的山风直刮脸。

昏暗的油灯影幢幢，

待客的佳肴萝卜汤。
竹板床的梦里没黄粱，
故事里的风景何处藏？

神仙也不喜苦和艰，
贫穷又岂是桃花源？
瑰丽的山水谁人看？
长寿的基因在睡眠！

自那年春风到清水，唤醒了大地唤醒了人。
地从贫瘠产黄金，人保康健作寿星。

远近知名的长寿村，
宜诗宜画宜歌吟。
碧霭丹霞是你的昏和晨，
堆红泼翠是你的秋和春。

朝饮百岁泉，暮跳广场舞，
山谷漾仙风，翁媪皆道骨。

啊，清水，你再度成为诗中的梦，梦中的诗，
成为尘世中的仙乡，仙乡中的尘世。

浅浅的溪流是梦的缘起，
蜿蜒的山道让梦更瑰丽。
让你我收拾好行装，
开启清水寻梦的游历！

清水谣

梅　朵

访遍绿山踏清水，
这边景色独宜人。

走近一点，就是朗概山
再走近一点，是金龙洞
还走近一点，穿过峡谷深处的瀑布
就是清水塘了

如果是春天来，你哈一口气都是绿的
远处的油菜花铺着金粉
自有乡下处子般的娇羞与坦诚
那口井，就在眼前了
那欸儿，站在院落门口看着你
只静静看你
看你怎样雀跃，看你
怎样洗却尘埃

如果你秋天来
乘着稻浪来
带着透明之蓝来
条条道路通罗马呢，噢，不
通清水
你会缓缓归
又缓缓行

这阡陌，这柔和的紫
这黛青的山
这眼眸
这稚嫩的乡音
也许
大黄狗眯着，嘴里衔着云，在打盹
而门墩边的竹椅子
摇啊摇的
穿蓝士林布的老婆婆放下纳着鞋垫的手
颤悠悠地，伸向你

天上人间，地上桃源
——写在新邵县坪上镇清水村

林目清

是谁从遥远处截留了一个世界
腌制在这里
它仍然保持它最原始的风貌
最原始的新鲜

山仍是神仙常住的山
这里总是云雾缭绕，神秘莫测
水仍是神仙常喝的水
这里的人都长命百岁，个个是寿星

树木葳蕤，花香馥郁，百鸟和鸣
让我们感到这块腌制品的鲜美纯粹
清泉喷涌，溪流叮咚
让我们感觉梦中寻觅的桃花源
就在眼前

山风吹过来，吹过去
传送外面世界的消息
昔日茶马古道上的马蹄声已走远
今日一个崭新飞速发展的世界
穿越这里的一线天
已到达坪上镇的高铁站台
清水村就是迎接这个新世界的主人

金秋，清水

伍雪梅

金秋，朗概山离天更近了些
淘洗过的白云，沿着天梯下凡
在山头闲游，被老牛一个喷嚏，又
轻轻退了回去

太阳从雷公洞的一线天探进头来
瞅着
丝绒般的青苔帘幕
神仙布了局，把明晃晃的水珠
化为了碎玉、珍珠

潺潺溪流，牵着我
走过
满目青山
成畦的稻浪、花木
小桥、亭台、楼阁

白花花的甘冽泉水
到了
洗一把脸
疲惫的身心，顿时从灰暗爬出
如天空般辽阔、明澈

如梦清水村

李耀斌

不要乱猜我去了哪里
我的心，已先于列车到达
酥软的身子，醉倒
变成一滴颜料
也似乎与一帧千年水墨格格不入

谁把石头喂养
谁把石头画得这么靓
谁让一棵卑微的小草长出石头的骨骼
最初的五谷播种过千年岁月
还是千年前最初的养份最初的颜色

咒语般的乳汁
升起如烟岚，落下是清水
清水和石头
都是千年的味道千年的姿势
千年已过，仍然守着千年的盟约

清水村，清冽冽的水
清得像天堂里的一盏灯
一盏桃花
点亮经世的梵音

钻进雷公洞

饮一口长寿村的清水
把清水淌过的身子扔在仙马石上
恍然入梦
梦幻一样的清水村
那个走在千年画廊里的水做的女子
我再没法逮住一个合适的修辞
去追赶你脱尘脱俗的脚步声

想象清水

李爱莲

当太阳伸出长长的手臂
拥抱这绿色的村庄
鹤发童颜的谢茶香老人正在屋檐下穿针引线
她的眼睛如同波光闪闪的清水
她的面容如同清水微微溅起的浪花

靠近长寿清水，不老神泉
到处留有长寿的秘密
这一切不是梦，是这个世界之外的另一个世界

像风一样穿过雷公洞
像一棵树来到你的屋后，像一株芍药来到你的窗前
像小桥听流水作响，像古井为亭台作伴

踏进清水之前，已经爱上清水
没有喝过清水，心里已觉得甘甜
修葺一个更好的舞台
我把想象的清水，一并交给了你们